예도(藝都) 진도(珍島)의 화신(花信)

문화예술 수도 진도의 꽃소식

예도(藝都)
진도(珍島)의
화신(花信)

문화예술 수도
진도의 꽃소식

도서
출판 명성서림

저자의 말

진도는 빼어난 풍광만큼 문화예술인들이 함께하는 고장이요, 문화예술의 보고(寶庫)입니다. 진도는 명실공히 2022. 08. 01. 현재 유형문화재 28종(국가 12, 도 16), 무형문화재 11종(국가 5, 도6), 보유자 15명(국가 7, 도 8), 유네스코 인류무형문화유산 3종, 향토문화유산 31종(유형 23, 무형 8) 등을 보존하고 있습니다. 또한 시(詩)·서(書)·화(畵)·창(唱) 부문의 문화예술 명인이 400여 명 이상 배출된 예술의 고장입니다. 그뿐만 아니라 삼별초와 명량대첩을 이끈 충의(忠義)의 고장입니다.

진도는 예부터 문화예술의 혼불로 끊임없이 연마되어 전승되고 있어, 2013. 8. 31. 전국 최초로 「민속문화예술특구」로 지정되었습니다. 또한 2023. 12. 26. 「대한민국 문화도시」로 1차 선정 후 예비사업 추진 끝에, 2024. 12. 26. 6개 권역 13개 「대한민국 문화도시」 중 한 곳으로 최종 확정되는 쾌거를 이룩했습니다. 이름 그대로 보배로운 섬입니다.

지자체나 사회단체는 앞장서 민속문화예술의 수도(首都)인 『예도(藝都)』라 칭해야 진도의 위상이 높아집니다. 유·무형 문화재나 문화예술인들의 예혼(藝魂)은 『예도(藝都)』를 수 놓습니다.

이 책이 나오기까지 주변의 여러분들이 도움을 주셨습니다. 머리 숙여 감사드립니다. 지하에 계시지만 오로지 필자를 위해 헐벗고 굶주리며 그 어려움을 이겨내고 길러주신 외할머님과 어머님의 크신 사랑에도 큰절로 인사를 올립니다. 힘들어도 올곧게 내조해준 내자와 바르게 성장해준 육 남매에게도 미안하고 고마운 마음을 더합니다.

2025년 11월

박 영 관

예도 진도의 화신

문화예술 수도 진도의 꽃소식

진도의 아름다움이 한 권의 책으로 피어났습니다.

『예도 진도의 화신』 발간을 진심으로 축하드립니다.

진도군은 '365 꽃피는 진도 만들기' 사업을 통해 사계절에 어울리는 다양한 꽃을 심고, 백조도래지와 운림산방 탐방로 등 주요 명소마다 대규모 꽃단지를 조성하여 군민과 관광객 모두가 힐링할 수 있는 아름다운 공간으로 가꾸어 나가고 있습니다.

그동안 군민들과 함께 정성껏 가꿔온 우리 진도의 아름다운 모습이 이렇게 한 권의 책으로 담겨져 소개된다는 것이 참으로 기쁘고 매우 뜻깊은 일이라 생각합니다.

이 책은 진도 곳곳에서 피어나는 변화를 꽃으로 전하는 소식이자, 아름다운 우리 고장의 자연과 삶의 이야기를 널리 알리는 소중한 기록이 될 것입니다. 특히, 화신(花信)이라는 이름처럼 진도의 사계절을 물들이는 꽃소식과 함께 희망과 따뜻한 감동을 전하는 메신저가 되기를 기대합니다.

진도를 사랑하는 마음으로 책 발간에 정성을 다해주신 박영관 선생님께 깊이 감사드리며, 진도의 아름다움을 널리 알리고 우리 모두에게 긍지와 감동을 전하는 책으로 오래 남기를 바랍니다.

2025. 11.

진도군수 **김희수**

5

『예도 진도의 화신』 축간사

진도의 바람은 언제나 예술의 향기를 품고 불어옵니다.

박영관 선생님의 칼럼집 『예도 진도의 화신』이 세상에 나오게 된 것을 진심으로 축하드립니다.

이 책은 단순한 글의 묶음이 아니라, 진도의 역사와 예술, 그리고 사람들의 삶을 온전히 담아낸 한 권의 문화지도입니다. 선생님께서 평생 교육과 문학, 서예, 한시 등 다양한 예술 영역에서 쌓아오신 깊은 내공과 진도에 대한 뜨거운 애향심이 한 자 한 자의 문장마다 진하게 배어 있습니다.

진도는 예로부터 '예향의 고장', '예도(藝都) 진도'라 불리며 수많은 예인과 장인들이 예술의 꽃을 피워온 문화의 고향입니다. 판소리와 서예, 민속춤과 아리랑으로 이어지는 예혼(藝魂)은 세월이 흘러도 변함 없이 오늘의 진도를 빛내고 있습니다. 이 책은 바로 그 예혼을 글로 새겨낸 문화유산이라 할 수 있습니다.

『예도 진도의 화신』에는 충의와 예술, 지혜와 인간애가 함께 숨 쉬고 있습니다. 박영관 선생님이 예술관이 말해주듯, "정신문화가 맑아야 예술이 아름답게 피어난다"는 믿음이 이 책 전체를 관통하고 있습니다. 이는 곧 진도가 지향하는 '문화예술 수도'의 비전이자, 우리가 함께 지켜가야 할 보배섬의 정체성입니다.

이 책이 군민과 독자들에게 진도의 문화적 자긍심을 일깨우고, 지역 예술인들에게는 새로운 영감을 주는 등불이 되기를 기대합니다. 아울러 선생님의 오랜 열정과 학문적 성취가 후학들에게 귀한 길잡이가 되어, 예술이 지역을 변화시키는 힘임을 다시금 일깨워주기를 바랍니다.

끝으로, 오랜 시간 집필에 정성을 다하신 박영관 선생님께 깊은 경의를 표하며, 『예도 진도의 화신』이 진도의 문화예술이 나아갈 길을 비추는 빛으로 오래도록 남기를 기원합니다.

2025. 11.

진도군의회 의장 **박 금 례**

진도 찬미

박영관

동백꽃 붉게 피는 시서화창 일번지라
눈부신 바다 위에 노을빛도 고운데
울돌목 물결 따라 새벽 별이 반짝반짝
내 사랑 진도여, 언제나 그리워라
예도 진도라~ 문화예술 수도라네.
아리아리랑 스리스리랑 얼씨구절씨구 좋다!

어머님 목소리가 마음속에 울리고
선인의 슬기 따라 삶의 향기 번져 가고
바람결에 들려오는 아리아리랑 스리스리랑
내 사랑 진도여, 가슴이 뭉클뭉클
예도 진도라~ 문화예술 수도라네.
아리아리랑 스리스리랑 얼씨구절씨구 좋다!

봄 여름 들꽃 피고 파도는 출렁출렁
가을엔 황금 들녘, 겨울에도 꽃이 피네
사람 정 깊은 고장, 마음마다 고이고이
내 사랑 진도여, 영원토록 빛나리라.
예도 진도라~ 문화예술 수도라네.
아리아리랑 스리스리랑 얼씨구절씨구 좋다!

주(註) : 예도(藝都) : 「문화예술 수도의 약칭」

목차

I. 진도의 충혼

II. 예도(藝都) 진도(珍島)의 예혼(藝魂)

Ⅳ. 마음밭을 가꾸자

I. 진도의 충혼

「충무공 벽파진 전첩비」를 바라보며

예도(藝都 : 민속문화예술 수도) 진도(珍島)의 예혼(藝魂)

엊그제까지만 해도 산과 들이 꽃 잔치를 벌이더니 산은 어느새 깨어 연녹색으로 변해가고 있다. 자연의 위대함에 숙연해질 수밖에 없다. 진도는 곳곳을 보노라면 어디나 유서 깊은 곳이다. 역사적으로 우리 진도가 중심이 되었던 큰일 두 가지를 든다면, 고려 시대 몽골과 끝까지 싸우기 위해 강화도에서 진도 용장성으로 이동하여 항쟁한 삼별초의 자주정신 얼을 확인할 수 있는 용장성과 충무공 이순신 장군이 망국의 위기에서 나라를 구한 명량대첩(鳴梁大捷)을 들 수 있다.

진도 용장성(龍藏城)은 진도군 군내면 용장리에 있는 고려 시대 삼별초가 새로운 거점으로 몽골에 대항하기 위해 축조한 성으로 사적이다. 1964년 6월 10일 대한민국 사적 제126호로 지정되었다.

고려 원종 때 몽골군의 침입을 받아 강화조약을 맺고 개경으로 환도하자 이에 반대한 삼별초 군이 1270년(원종 11) 6월 강화도에서 원종의 6촌인 승화후(承化侯) 온(溫, ?~1271)을 왕으로 추대하여 독자적인 정부를 세웠고, 그 뒤 이곳을 새로운 거점으로 삼아 몽골에 치열하게 대항한 유적지이다. 용장성은 진도 북쪽 해안의 산 능선에 있고, 북쪽 해안에는 진도의 관문인 벽파항이 있으며, 울돌목으로 이어지는 조운로(뱃길)의 길목이다. 용장성 외에도 삼별초와 관련된 사적지는 진도의 여러 지역이 전설처럼 이어져 오고 있다.

특히 충무공(忠武公) 이순신[李舜臣, 1545. 4. 28.(인종 원년 음력 3. 8.)~1598. 12. 16.(선조 31년 음력 11. 19.)] 장군은 우리나라 역사에서 존경받는 위인 중 한 분이다. 충무공 이순신은 1546. 4. 28.(음력 3. 8.) 자시(子時)에 서울 건천동(乾川洞)에서 태어났다. 그 시대의 건천동이란 지금의 인현동(仁峴洞)인데, 아마 청계천의 물이 흐르다가 이곳에서 땅이 마른다고 하여 건천동이라 불렸을 것으로 추정한다. 그리고 현재 이곳에서 몇 걸음 더 걸어가면 동네 이름이 필동(筆洞)으로 바뀌는데 지금의 '한국의 집(옛 박팽년의 생가)'에서 두 번째 주유소가 바로 '유성룡의 생가터'이다. 서애(西厓) 유성룡(柳成龍, 1542~1607)과 이순신의 인간적 관계는 유성룡이 이순신 장군보다 세 살 위이니 유년 시절부터 이어졌으리라 생각한다. 이곳은 충무공 이순신의 출생지라 부연할 필요 없이 '충무로'이다.

1967년 1월 6일, 공보부가 4월 28일을 '이충무공 탄신기념일'로 고시했고, 1973년 3월 30일에 법정기념일로 정했다. 주관 부처는 공보부의 후신인 문화체육관광부이다. 민족의 성웅인 충무공 이순신의 애국 위훈을 길이 전승하고, 민족자주정신을 선양할 목적으로 '충무공 이순신 탄신일'로 2013년 명칭이 변경되었다. '충무공 이순신 탄신일'은 대한민국의 기념일 중 위인들의 생일에서 따온 두 기념일 중 하나다. 다른 하나는 세종대왕(世宗大王, 1397. 5. 15. 음력 4. 10. ~ 1450. 4. 8. 음력 2. 8.)의 생일인 스승의 날(5월 15일)인데, 이날에 세종대왕 탄신 기념 행사도 벌이긴 하지만, 원래 기념일을 만든 취지가 '스승의 은혜에 감사하는 날'임을 감안하면, 한국에서 순수하게 '한 위인을 기념하는 날'은 '충무공 이순신 탄신일'이 유일한 셈이다.

이는 충무공이 개인의 명칭을 가리키는 것이 아니기 때문이지 않을까? 충무공은 나라에 무공을 세워 죽은 후 충무(忠武)라는 시호를 받은 사람을 높여 이르는 말이다. 대표적 인물로는 이순신(李舜臣)을 비롯해 김시민(金時敏, 1554~1592), 남이(南怡, 1441~1468), 정충신(鄭忠信, 1576~1636) 등 조선 시대에만 충무공 시호를 받은 사람이 무려 9명이나 된다고 한다.

향토유형유산 제5호(2001년 10월 30일 지정)인 「충무공 벽파진 전첩비」는 1956년 11월 29일에 건립되었다. 벽파마을 동남방 바위 동산 정상부에 있는 이 비는 정유재란 당시 충무공 이순신의 명량대첩을 기념하고, 진도 출신 참전 순절자를 기록하여 진도 군민의 충효정신을 돋보이게 한다. 가로 14m, 세로 18m의 넓이로 비 주변의 암석을 다듬고 석축을 쌓고, 비신(碑身)의 높이 3.8m, 폭 1.2m, 두께 0.58m의 자연암을 떼어내어 조형한 높이 1.2m, 폭 4.7m, 길이 5.7m 규모의 거대한 거북좌대[귀부(龜趺)] 위에 세웠고, 그 위로 높이 1.2m, 폭 1.2m. 길이 2.1m 크기의 이수(螭首:건축물이나 공예품 따위에 뿔 없는 용의 모양을 아로새긴 형상. 비석의 머리, 궁전의 섬돌, 돌기둥에 많이 새긴다)를 올려놓았다. 이충무공의 넋을 담은 동양 최대 높이의 비로 벽파항의 넓은 바다를 굽어보며 장엄하게 서 있다.

비신(碑身:비석의 몸체)은 화강암으로 전북 고창군 성송면 추월산에서, 이수(螭首)는 진도군 고군면 내산리 뒤쪽 구렁골에서, 귀부(龜趺)는 여느 비와는 달리 현지의 천연 자연 암반을 발파해 떨어내어 장대한 거북을 조형하였다는데 그 의미가 깊다.

비문은 당대의 대표 시인 노산(鷺山) 이은상(李殷相, 1903~1982) 선생이 짓고, 글씨는 우리 고장 출신 서예가 소전(素荃) 손재형(孫在馨, 1903~1981) 선생이 비명 9자, 본문 749자, 말문 85자, 찬시 134자를 예서체로 글씨 형태가 전부 다르게 썼다는 점에서 그 예술적 가치 또한 인정받고 있다. 소전 손재형 선생은 추사(秋史) 김정희(金正喜, 1786~1856) 선생의 뒤를 잇는 서예가로 평가받는 인물이다. 소전 선생은 서예가로 붓글씨의 호칭을 두고 중국이 서법(書法), 일본이 서도(書道)라고 부르듯이 우리나라에서는 서예(書藝)라고 부르자고 제창했으며, 국회의원을 지낸 정치가였다. 1945년 태평양전쟁 중에 일본으로 건너가 추사 김정희의 「세한도(歲寒圖)」를 일본의 동양학자인 후지쓰카 지카시(藤塚鄰, 1879~1948)에게 받아온 일화는 너무도 유명하다.

며칠 후면 충무공 이순신 탄신일이 돌아온다. 명량대첩[1597(선조 30) 9. 16.)]지인 이곳에서 장군의 탄신에 무의미하게 보내는 것보다 유서 깊은 벽파진과 녹진 일대에서 민속문화예술(民俗文化藝術)로 의미 있는 행사를 하면 어떤가 생각해 본다. 진도는 역사적으로 오롯하게 충(忠)과 의(義)의 고장으로 지금까지 재현(再現)된 곳이다. 충(忠)과 의(義)의 정신이 뿌리 깊게 내려 예혼(藝魂)으로 승화(昇華) 발전하여 민속문화예술로 꽃피고 있지 않을까?

　정신문화가 맑아야 문화예술도 긍정적인 모양으로 꽃피게 되고, 문화예술의 향기도 더 멀리 퍼져 '진도는 역시나 예도(藝都)라 다르구나' 하는 평가를 받을 수 있도록 문화예술을 사랑하는 사람들이 중심체가 되자. 순간순간을 먹물이 번지지 않고, 해맑은 정신문화로 아름답게 가꾸어 가도록 발걸음을 다잡아 보자. 그 힘의 중심은 바로 '우리'다.

2023. 04. 25.

참고문헌 ────────────────────────

· 한국학중앙연구원, 『용장성(龍藏城)』, 한국민족문화대백과(한국민족문화대백과사전(hppts://encykorea.aks.ac.kr) 7권.
· 노승석 옮김, 이순신(李舜臣), 『난중일기』, 민음사. 2019.

6월은 호국 보훈의 달

호국영령에 감사하는 마음으로

충무공 이순신[1545. 4. 28.(인종 원년, 음력 03. 08.)~1598. 12. 16.(선조 31, 음력 11. 19.)]장군 탄신 478주년 기념행사가 지난 4월 28일 해병대 진도군전우회(회장 이용범)의 주관으로 충무공 벽파진 전첩비 앞에서 박은준 전우의 사회로 진행됐다. 김희수 진도군수, 김인정 도의원, 김춘화 군의회부의장과 주만종·김옥정 군의원, 오미선 진도교육장, 안형주 진도경찰서장, 김경숙 고군면장, 김병만 진도재향군인회장 등이 참석한 해병대 진도군전우회가 참뜻으로 행한 행사에 박수를 보낸다. 해병대는 전시에는 군대의 맨 앞자리에서 무적 해병으로 적과 싸우고, 전역하고 나서는 애국 애족 활동으로 지역 방위의 선도 역할을 하며 묵묵하게 봉사활동을 주도한다. 자랑스럽다.

충혼탑은 진도군 진도읍 성내리 산 1번지의 군강공원에 있다. 1987. 01. 15. 전라남도문화재 자료 제143호로 지정된 진도읍성이 일부 남아

있는 곳에 건립되었다. 진도읍성은 조선시대의 성으로『신증동국여지
승람(新增東國輿地勝覽)』에 의하면 세종 19년(1437년)에 성터를 잡았
으며, 성벽의 높이는 2~3.5m로 군강공원에 그 사적(史蹟)이 가장 많
이 남아 있다.『신증동국여지승람(新增東國輿地勝覽)』은 1530년(중
종 25) 이행(李荇)·윤은보(尹殷輔)·신공제(申公濟)·홍언필(洪彦弼)·이
사균(李思鈞) 등이『동국여지승람』을 증수, 편찬한 책이다. 옛 진도읍
성의 망대 부분에 있다. 충혼탑은 국가를 지키다가 산화하신 분들을
상징하는 용맹스러운 군상[(群像) : 환조(丸彫)]과 호국영령의 위명(偉
名)이 새겨져 있다. 나라의 어려움이 있을 때마다 조국을 지키기 위해
목숨을 바쳐 싸웠던 진도 출신 호국영령의 얼을 기리는 공간이다.

　6월은 '호국 보훈의 달'이다. 호국(護國)이란 외적으로부터 나라를
보호하고 지킨다는 의미이며, 보훈(報勳)은 공훈(功勳)에 보답한다는
뜻이다. 호국보훈의 달을 쉽게 말한다면 '나라를 위해 자신의 몸과 마
음을 바친 분들을 기리는 달'이다. '호국보훈의 달'이라는 명칭의 시작
은 1985년부터이다. 6월은 '현충일'과 '6·25전쟁', '제2연평해전'은 물론
'의병의 날'도 있다. 2010년 법정기념일로 6월 1일이 '의병의 날'로 지정
했다. 이날은 우리 역사상 자발적으로 나라를 지키기 위해 대항한 의
병 정신을 기념하는 날이다. 우리나라의 대표적인 의병은 임진왜란 당
시 붉은 옷을 입고 왜구와 맞서 싸운 곽재우 장군을 들 수 있다. '의병
의 날'로 지정된 날도 곽재우 장군이 최초로 의병을 일으킨 날인 음력
4월 22일(양력 6월 1일)에서 유래한다. 현충일(顯忠日)은 '충렬(忠烈)
을 드러내는 날'이라는 뜻으로, 매년 6월 6일 민족과 국가의 수호 및 발
전에 기여하고 애국애족한 분들의 애국심과 국토방위에 목숨을 바친

분들의 충성을 기념하기 위한 국가 기념일로, 국가 추념일이자 법정공휴일이다.

1950년 6월 25일 새벽 4시, 북한군이 242대의 전차를 앞세우고 남북 군사분계선인 3·8선 전역을 불법으로 남침하여 동족상잔의 6.25 전쟁이 발발하였는데 피해 현황을 살펴보면,

한국군 및 유엔군 참전 현황과 인명 피해 현황 통계

구분	계	전사	부상	실종/포로
계	772,608	175,801	554,202	42,605
한국군	621,479	137,899	450,742	32,838
유엔군	151,129(137,250)	37,902(36,940)	103,460(92,134)	9,767(8,176)
유엔군 참전 '전투 지원 16개국+의료지원 6개국=22개국				
연인원	195만 7,733명(1,789,000)			

※ ( ) 안 숫자 미군

출처 : 국방부군사편찬연구소, 『통계로 본 6.25전쟁』, 2014, p.30, 300. 국가기록원, 『전쟁 속의 통계』. 『한미군사관계사, 1871-2002』. p493.

6.25 전쟁 당시 유엔군 연인원이 195만 7,733명인데, 이중 1,789,000 명의 미군이 투입되어 한반도 땅을 밟고 적과 싸웠다. 한국군과 미군 및 UN군이 북한 공산군과 중공군, 소련과 싸운 결과 유엔군은 전사자 37,902(미군 36,940)명, 부상자 103,460(미군 92,134)명, 실종과 포로는 9,767(미군 8,176)으로 151,129(미군 137,250)명이나 되는데, 대부분 미군이었다. 1,129일의 6.25 전쟁으로 민간인 사망, 학살, 부상, 납치, 행방불명 등으로 990,968명이고, 이재민은 1,000만여 명의 피해가 있었고, 전쟁고아 10만 명, 전

쟁미망인은 무려 30여만 명이고, 피난민은 320만여 명이며 국토는 초토화되었으니, 전쟁으로 인한 상처가 너무나 컸다.

1953년 휴전이 성립된 뒤 3년이 지나 어느 정도 안정을 찾아가자 정부가 1956년 4월「관공서 공휴일에 관한 건」(대통령령 제1145호) 및「현충기념일에 관한 건」(국방부령 제27호)에서「현충기념일」로 제정되었으며 1965년 3월 30일「국립묘지령」에 의거 연 1회 '현충일' 기념식을 거행하게 되었고, 1982년 국가 기념일이 되었다.

2002년 6월 29일, 서해 북방한계선(NLL) 근처에서 북한 경비정의 선제 기습포격으로부터 서해를 수호하기 위해 벌어진 해전이 바로 '제2연평해전'이다. 해군 6명이 전사하고, 19명이 부상을 당했다.

어제의 숭고한 정신이 있었기에 평온한 오늘을 살아갈 수 있다. 5월이 가정의 달이라면 6월은 그 평화를 가능하게 했던 호국보훈의 달이다.

나라와 겨레의 독립과 자유를 수호하기 위해 살신성인(殺身成仁)의 정신으로 귀한 목숨을 지푸라기처럼 버린 이들의 고귀한 희생이 있었기에 우리는 오늘의 삶과 자유를 만끽하고 있다.

정글과 같은 세계 질서 속에서 국가안보와 유비무환의 정신이 국가와 민족의 버팀목이다. 북한은 변함없는 동토의 땅으로 공산집단이며 적화통일 야욕의 꿈을 버리지 않고 있다. "역사를 잊은 민족에게 미래는 없다"라는 말을 기억하고, 항상 준비하는 자세가 필요하다.

우리나라뿐만 아니라 다른 나라도 현충일과 유사한 날들이 있는데, 전사자를 추모하는 미국의 연방 공휴일 중 하나인 '메모리얼 데이(Memorial Day)'는 우리의 현충일과 유사한 날로, 매년 5월 마지막 주 월요일로, 1868년 제정되었다.

영국과 프랑스, 벨기에 등 유럽 여러 국가와 캐나다 등은 11월 11일을 현충일로 지키고 있다. 1918년 11월 11일 제1차 세계대전 종전이 선언된 날을 기념하고, 제1·2차 세계대전의 전사자를 추모하는 날로 '영령(英靈) 기념일(Remembrance Day)'이라고 부른다.[(1차 세계대전, 1914. 7. 28.~1918. 11. 11.), (2차 세계대전, 1939. 9. 1.~1945. 9. 2.)]

지구상 어느 나라나 자기 나라를 지키기 위해 목숨을 바친 호국영령들의 숭고한 희생과 헌신을 기리고 있다. 우리 모두 호국영령의 나라사랑의 정신과 얼을 본받고, 감사한 마음을 되새기며 아름다운 삶을 이어가자.

2023. 05. 23.

나라 사랑의 다짐

위대한 헌신, 영원토록 가슴에 담자

　새벽이슬을 머금은 뿌연 안개가 누리를 휘두른다. 짙푸른 숲이 날숨을 내뿜는 6월은 '호국보훈의 달'이다. "나라와 국민을 위해 목숨을 바친 선열들의 희생을 기리고 그 공로를 보답한다"는 뜻이다.

　초연이 쓸고 간 깊은 계곡 깊은 계곡 양지 녘에/ 비바람 긴 세월로 이름 모를, 이름 모를 비목이여/ 먼 고향 초동 친구 두고 온 하늘가/ 그리워 마디마디 이끼 되어 맺혔네// 궁노루 산울림 달빛 타고 달빛 타고 흐르는 밤/ 홀로 선 적막감에 울어 지친 울어 지친 비목이여/ 그 옛날 천진스런 추억은 애달파/ 서러움 알알이 돌이 되어 쌓였네//

　호국보훈의 달 6월이 되면 부르는 한명희(韓明熙, 1939~) 선생의 비목(碑木) 가곡 가사이다. 한명희는 1964년 학군사관 임관 후 7사단 백암산 비무장지대 수색대 전투초소에서 소대장으로 복무하였다. 초가을 어느 날 강원도 화천 백암산 잡초 우거진 양지바른 산모퉁이를 지나며, 6.25 전쟁 당시 숨겨간 무명용사의 돌무덤과 십자 나무 위에 철모가 올려진 비목을 보고, 영감을 얻어 조국을 위해 죽어간 젊은이들을 기리는 내용의 「비목(碑木)」 시를 지었다고 한다. 이를 장일남(張一男, 1932~2006) 선생에게 주자 곡이 만들어졌다고 한다. 제작년도는 1967년이나, 1969년에 처음으로 발표되었다.

전쟁의 여운과 산골의 아름다운 자연이 모태가 되었다. 이 곡은 시대적 산물이자 무명용사의 희생을 상징하는 곡 이상으로 우리 국민의 애창곡이 되었다. 고등학교 음악 교과서에 실려 있다. 한국전쟁에서 희생된 무명용사들을 추모하기 위해 1995년 화천군 동촌리 평화의 댐에 '비목공원'이 조성되었다. 매년 현충일을 전후하여 1996년부터 '비목문화제'를 개최하고 한국전쟁으로 희생된 젊은 영혼들의 넋을 추모하고 다시는 이 땅에 전쟁이 일어나지 않기를 염원하는 위령제도 지낸다.

토머스 스턴스 엘리엇(Thomas Stearns Eliot, 1888~1965)의 「황무지」의 시어로 '4월은 잔인한 달', 노천명(盧天命, 1911~1957)의 「푸른 오월」로 5월을 '계절의 여왕'이라 칭해지고 있다. '비목공원'이나 '비목문화제'도 시인의 영감으로 이루어지게 되었다. 이처럼 시인은 영감을 받은 감각적인 언어의 마술사로 문화를 이끄는 파수꾼이다.

모든 국가는 전란에서 희생한 자를 추모하는 행사를 하고 있다. 우리나라도 매년 6월 6일을 현충일(顯忠日)로 정하여 호국영령의 명복을 빌고 순국선열 및 전몰장병의 숭고한 호국정신과 위훈을 추모하는 행사를 한다. 6월 6일은 24절기 가운데 하나인 망종(芒種)에 제사를 지내던 풍습에서 유래한 것으로, 고려 현종 5년 6월 6일에 조정에서 장병의 유골을 집으로 보내 제사를 지내도록 했다는 기록도 있다.

현충일은 1953년 휴전이 성립된 뒤 3년이 지나 어느 정도 안정을 찾아가자 정부가 1956년 4월「관공서 공휴일에 관한 건」(대통령령 제1145호) 및「현충기념일에 관한 건」(국방부령 제27호)에서「현충기념일」로 제정되었으며 1965년 3월 30일「국립묘지령」에 의거 연 1회 현충일 기념식을 거행하게 되었다.

6월이 '호국보훈의 달'이라는 명칭으로 정해져 불리기 시작한 것은 1985년부터이다. 순국선열과 호국영령을 추모하고 국가유공자의 공헌과 희생을 되새기며 예우하기 위해 1961년도에 설립된 군사원호청(1962년 원호처 승격)이 1985년 국가보훈처로 개칭되면서 6월이 '호국의 달'로 지정돼 이어지고 있다. 당시 6·25전쟁에서 희생된 분들과 상이군인을 돕기 위해 '군경원호 강조 기간'이 6월로 정해졌으며 원호처 설립 이후 국가유공자를 위한 본격적인 지원 사업이 틀을 갖추기 시작했다.

우리나라는 반만년의 역사를 가진 나라이다. 유구한 역사를 이어오면서 많은 전쟁을 겪었다. 조국이 위기에 처할 때마다 초개와 같이 목숨을 바쳐 나라를 구하고 민족을 지켜냈다. 나라를 빼앗긴 일제강점기에서도 나라를 되찾기 위해 많은 분이 희생되었다.

오늘의 대한민국이 있기까지 어떠한 희생이 있었는지, 그분들이 어떤 사람들이었는지, 그분들이 지키고자 했던 가치는 무엇이었는지, 되새기고, 감사하는 마음을 갖자. 미래의 대한민국을 지키기 위해 오늘도 고생하는 대한민국 국군, 경찰, 소방관, 등 공복(公僕)들께 고마운 마음을 갖자.

나라 사랑하는 애국정신을 몸소 실천하고 돌아가신 순국선열과 호국영령을 진심으로 추모하자. 나라와 겨레의 독립과 자유를 수호하기 위해 귀한 목숨을 초개처럼 버린 이들의 고귀한 희생으로 우리는 오늘의 삶과 자유를 누리고 있다. 호국보훈은 거창하거나 어려운 일이 아니다. 우리 곁에서 생활하는 국가유공자와 보훈 가족을 감사하는 마음으로 예우하고 따뜻한 위로의 말과 배려가 보훈이다. 나라 사랑의 길이다.

호국보훈의 달인 6월이 아니더라도 가족과 함께 주변에 있는 현충탑을 비롯한 현충 시설을 한 번쯤 찾아가서 참배해보자. 오늘이 있기까지 많은 순국선열과 호국영령들의 희생이 있었기에 나라가 존재한다는 사실을 기억하자. 위대한 헌신을 영원토록 가슴에 담고 국가 안보의 중요성과 자주국방을 아로새겨 나라 사랑의 다짐을 다져야 할 때가 바로 이 순간이다.

2023. 05. 23.

「벽파정」을 찾아서

'한글날'의 유래를 생각하며

길을 지나다 보면 옷매무새가 빠르게 바뀌어 감을 실감한다. 잎새는 신록이 짙어지더니 그을려 분홍빛을 더해간다. 마음이 울적하여 벽파진(碧波津)을 찾았다. 벽파진은 753년 전 삼별초와 426년 전 명량대첩의 전초기지 역할을 했다. 또한 유배인과 친지들의 만남과 이별의 장소였다. 진도대교가 건설되기 전까지는 진도의 관문이었다.

벽파진은 배중손(裵仲孫, ?~1271) 장군과 삼별초 병사들, 충무공 이순신(李舜臣, 1545~1598) 장군과 휘하 장병들, 무수한 인물이 만남과 이별, 통한(痛恨)의 장소였다. 시름에 젖어 한시 한 수를 읊어 본다.

古珍島關門碧波亭(고진도관문벽파정)

梅軒(매헌) 朴英寬(박영관) 吟(음)

秀麗風光訪沃州(수려풍광방옥주) 수려한 풍광 찾아 진도에 이르니

相逢別淚考波樓(상봉별루고파루) 만남과 이별의 눈물 벽파루에서 상고하네.
抗蒙三別死生恨(항몽삼별사생한) 삼별초의 항몽은 죽음과 삶의 한이고
倭亂鳴梁俗世愁(왜란명량속세수) 임진왜란의 명량대첩 속세의 시름이네.
畫唱驪歌文士集(화창려가문사집) 그림과 노래의 송별가로 문사가 모이고
詩書曲調樂工留(시서곡조악공류) 시서의 가락으로 악공이 머무네.
湖南一景關門醉(호남일경관문취) 호남 일경의 관문에 취해
寶庫名區萬客遊(보고명구만객유) 보고의 명구에서 만객이 즐기네.

10월 9일은 '한글날'인데 그 유래를 살펴보기로 한다. '한글'은 세종대왕(世宗大王, 1397~1450)이 '한국어'를 표기하기 위해 창제한 문자인 『훈민정음(訓民正音, 창제 1443년, 반포 1446년)』을 달리 부르는 말이다. '한글날' 기념식을 처음으로 거행한 것은 『훈민정음』이 반포된 후 480년이 지난 1926년 11월 4일이다. 음력 9월에 『훈민정음』을 책자로 완성했다는 실록의 기록을 근거로 음력 9월 29일을 반포한 날로 여겨 '가갸날'로 기념식을 거행했다. '한글'은 '정음', '언문', '국문', '가갸글' 등 다양한 이름으로 불렸다. 우리말과 우리글은 갑오경장(1894~1896) 이후 '국어', '국문'으로 불리었으나 1910년 국권이 상실된 이후에는 우리말을 쓸 수 없었다. 이런 사정으로 최남선(崔南善, 1890~1957), 주시경(周時經, 1876~1914) 등이 1910년에 '국어', '국문', '언문(諺文)'이나 '조선문자(朝鮮文字)' 대신에 '한나라말'과 '한나라글'이란 말을 만들어 썼으며 그 후 '한나라말'을 줄인 '한말', 우리 겨레의 말글이란 뜻의 '배달말글'이란 용어를 사용하다가 1913년부터 '한글'이란 말을 사용하였다. '한글'의 '한'은 우리 겨레를 가리키는 '한(韓)' 외에 '대(大)'의 뜻도 지닌 말로 직접적으로는 '대한제국(大韓帝國)'의 '한(韓)'과 연관

되고 멀리는 '삼한(三韓)'의 '한(韓)'과도 연관된다. '으뜸이 되는 큰 글', '오직 하나뿐인 큰 글', '한국인의 글자'라는 의미도 포함된다.

1927년 동인지 『한글』이 간행되고 '가갸날'이라고 부르다 차차 '한글날'로 불리면서, '한글'이 우리 문자의 이름으로 보편화되었다.

1928년 비로소 지금의 '한글날'이라는 이름을 갖게 되었다. 1446년 음력 9월 29일이 양력으로 어느 날에 해당하는지를 계산하여 1931~1932년 무렵부터 양력 10월 29일에 기념식을 거행하였다. 그런데 '한글날'의 양력 계산을 둘러싸고 논란이 벌어졌다. 율리우스력에 따르면 10월 29일이지만, 양력은 1582년 이후 그레고리력으로 바뀌었으므로 '한글날'도 그레고리력으로 해서 1934년부터는 10월 28일에 '한글날' 기념식을 거행하게 되었다. 그러나 1940년 7월에 발견된 『훈민정음』「해례본」 정인지의 서문에 9월 상한(上澣)이라는 기록이 나오는데 이 기록에 따라 9월 상한, 즉 상순(上旬)에 반포된 것으로 보고 9월 상한의 마지막 날인 9월 10일을 양력으로 계산하였다. 그래서 1945년부터는 10월 9일에 기념식을 거행하게 되었다.

1949년 '관공서의 공휴일에 관한 건'을 처음 제정할 때부터 '한글날'은 공휴일로 지정되어 그 뜻을 기리는 날이다. '한글날'은 1991~2012년까지 22년 동안 공휴일이 아니었지만, 2013년부터 다시 공휴일로 지정되었다. '한글날'은 대한민국의 5대 국경일이다.

'한글'은 세계의 여러 말 중 으뜸가는 글이다. 아름다운 우리글을 배우고 익혀, 그 뜻을 널리 펴 긍지 높은 문화의 꽃을 피워보자.

2023. 10. 15.

어린이는 나라의 보배

'오월을 어린이 달'로, 더 푸르게, 더 크게!

"4월은 가장 잔인한 달/ 죽은 땅에서 라일락을 키워 내고/ 추억과 욕정을 뒤섞으며/ 봄비로 잠든 뿌리를 깨운다./ 겨울은 오히려 우리를 따뜻하게 했었다." 1948년 노벨문학상을 수상한 미국계 영국 시인(詩人) T.S.엘리엇(Thomas Stearns Eliot, 1888.~1965.)의 「황무지(荒蕪地) The Waste Land」라는 시(詩)의 일부이다. 첫 구절이 4월은 가장 잔인한 달로 시작해 433행에 이르는 긴 시가 「황무지」다. 시인은 봄을 대지의 환희로 노래했다. '계절의 여왕' 5월이 시작되었다.

"청자빛 하늘이/ 육모정 탑 위에 그린 듯이 곱고/ 연못 창포잎에/ 여인네 맵시 위에/ 감미로운 첫 여름이 흐른다/ 라일락 숲에/ 내 젊은 꿈이 나비처럼 앉는 정오/ 계절의 여왕 오월의 푸른 여신 앞에/ 내가 웬일로 무색하고 외롭구나."

노천명(盧天命, 1911~1957) 시인의 「푸른 오월」 시의 한 구절이다. 1945년에 발표된 그의 시집 『창변(窓邊)』에 실려 있다. 노천명은 이 시에서 향토색이 짙은 정감 어린 표현과 청색의 이미지로 젊은 꿈을 영글게 만드는 오월의 서정(抒情)을 그렸다. 시인이 푸른 오월을 노래한 이후 오월을 '계절의 여왕'이라 부르기 시작했다.

대지가 숨을 쉬면 우리의 생명도 쉼 없이 나아간다. 5월은 그 절정이다. 어린이날(5일), 어버이날(8일), 부부의 날(21일), 15일은 '스승의 날'이지만, '세계 가정의 날'(International Day of Families)이기도 하다. 1일은 근로자의 날이다. '가정의 달'은 1993년 UN이 가정의 중요성을 인식해 건강한 가정을 위해 모든 사회 구성원들이 적극적으로 참여하자는 취지로 제정했다. 이후 전 세계 국가들이 5월 15일을 가정의 날로 기념하고 있다. '가정의 날'은 우리나라도 1994년부터 '세계 가정의 날' 기념행사를 하기 시작하였고, 2004년 2월 '건강가정기본법'에 따라 세계 가정의 날을 법정기념일로 지정했다.

'가정의 달'이며, '계절의 여왕'이라는 정감 어린 5월은 답답한 우리의 마음을 부드럽게 어루만져 준다.

영국의 낭만파 시인 윌리엄 워즈워스(William Wordsworth, 1770~1850)는 「무지개」라는 시를 통해 '어린이는 어른의 아버지'라며 동심의 소중함을 노래했다. 어린아이에게서는 천사 같은 모습으로 활짝 웃으며 달려오던 아름다운 그 모습은 상상하는 것만으로도 흐뭇하다.

신록을 시샘하듯 숲과 거리에는 온통 초록빛으로 뒤덮였다. 연두에서 초록으로 바꾸어가는 자연의 향연이 아름답고 신비하다. 숲길에는 초록 물결이 출렁인다. 봄볕을 받은 나뭇잎은 약동하는 생명의 모습이다. 봄이 출렁인다. 생명체가 어김없이 발호하듯 일어나 세상을 뒤덮는다. 5월은 색의 파노라마이며 생명체는 제빛을 내는 시기이다.

"날아라 새들아 푸른 하늘을/ 달려라 냇물아 푸른 벌판을/ 오월은 푸르구나 우리들은 자란다/ 오늘은 어린이날 우리들 세상// 우리가 자라면 나라의 일꾼/ 손잡고 나가자 서로 정답게/ 오월은 푸르구나 우리들은 자란다/ 오늘은 어린이날 우리들 세상"

「어린이날 노래」는 석동(石童) 윤석중(尹石重, 1911~2003) 선생 작사, 반달 할아버지 윤극영(尹克榮, 1903~1988) 선생이 작곡했다. 언제 어느 때 들어도 마음을 울린다. 사랑과 평화, 늘 푸른 꿈과 희망을 그리는 주옥같은 가사는 어린이와 함께 영원토록 가슴에 새겨지리라.

어린이들의 세상인 5월을 맞아 정도(正道)를 걷는 어른으로 더 나은 삶의 질을 물려주도록 노력하고 성찰하는 생활을 해야 한다. 아름답고 살기 좋은 대한민국과 건강한 사회를 물려주어야 한다. 부정부패로 악취 나는 사회를 자라나는 어린이들에게 물려주면 안 된다.

날이면 날마다 꼬리를 무는 소모적인 대안 없는 정쟁으로 얼룩져 국민은 스트레스가 는다. 비생산적인 일들은 지양하자. 국민을 위한 일을 하라고 뽑아 주니 자신의 잇속만 챙긴다. 피해는 늘 국민의 몫이다.

'한 아이를 키우려면 온 마을이 필요하다'는 말이 있다. 많은 사람의 도움 속에 아이들이 성장할 수 있다는 아프리카 속담이다. 어린이는 잠재력이 무한하지만 홀로 꿈을 펼쳐나가기는 어렵다. 양육을 위해 많은 이들이 희생하고 배려해 온 일은 하루 이틀의 일이 아니었다.

태어날 때부터 죽을 때까지 누구의 도움을 받지 않고 생존하기는 힘들다. 사람은 누군가에게 서로 도움을 주고받는다. 오늘의 모습은 어떤가? 온 마을이 아이들을 키우는 데 어떤 도움을 주는가? 한 아이를 키우기 위해 마을에서 어떤 노력을 하는가? 온전히 사랑받고 안전하게 보호받으며 자란 아이가 나날이 성장하여 아름다운 사회를 이끌어 나갈 수 있다. 학대받는 아이들이 없도록 위기 상황에서 즉시 분리, 심리 치료구축과 같은 구제 대책 역시 꼼꼼하게 살펴 지원해주자. 어린이들의 꿈이 좌절되거나 짓눌리는 구김살이 반복되지 않도록 머리를 맞대보자. 어린이는 어른의 뒷모습을 보고 자란다. 배려하고 격려하며 존중하자.

　5월은 다른 날도 중요하지만 그중 어린이날이 으뜸이다. 어린이는 나라의 미래요, 보배며, 기둥이고 가능성이다. '오월을 어린이 달'로 정해 우리 보배들이 더 푸르고, 더 크게 자라도록 공동 목표를 세워보자.

2024. 05. 03.

교육이 바로 서야 나라가 산다

가정은 부모, 학교는 스승, 사회는 어른

지난 7월 18일 서울 서이초등학교 교내에서 스스로 목숨을 끊은 교사를 추모하는 화환이 즐비했다. 문화일보(7월 30일)을 보면 전국 17개 시·도교육청에서 취합한 교육부 자료에 2018년부터 올해 6월 말까지 공립 초·중·고 교원 100명이 극단 선택으로 숨진 것으로 나타났다.

학교급별로 초등학교 교사가 57명으로 가장 많았고, 고등학교 교사 28명, 중학교 교사 15명 순이었다. 지난해 초·중·고 전체 교사(44만명) 중 초등 교사가 44%로 가장 많은 것을 고려하더라도 극단 선택을 한 교사 중 과반수를 넘어선 셈이다. 극단 선택 교사 수는 2018년(14명)에서 2021년(22명)까지 4년 연속 증가했다. 2018년 14명→2019년 16명→2020년 18명→2021년 22명이다.

학교는 질서가 무너져버려 심각한 아노미 상태다. 교권 추락의 실태와 대안이 필요한 시기이다. 교권 침해는 계속 증가하고 있다. 교총에 따르면 2009년 237건에서 2022년 520건으로 늘었다. 지난 6월부터는 교사의 생활지도 권한을 명시한 초중등교육법(20조 2항)이 발효됐다.

1990년대까지만 해도 선생님은 지식과 권위를 인정받았고, 학교는 단순 학습만이 아니라 인성 함양을 포함한 전인교육의 장이었다. 일부의 과도한 폭력은 문제였지만, 일정부분 '사랑의 매'로 통용됐다.

2000년대 이후 인터넷 지식의 범람과 사교육의 발달로 교사의 지위는 점차 흔들리기 시작했다. 학교의 역할에 대한 사회적 기대도 달라졌다. 타인의 권리를 존중하는 사회적 자유(liberty) 대신 개인의 자유(freedom)로 착각하고 방종이 많아졌다. 교육의 본질은 무엇인가? 학력이 우수한 학생일까? 사람답게 행동하도록 품성을 가르치는 것이다.

대부분 부모는 자녀의 진로 문제를 걱정한다. 자녀의 타고난 재능보다는 사회에서 선호하는 의사, 판사, 교수와 같은 직업을 선호한다. 타고난 재능을 키워줘야 자녀들이 행복한데 안타깝게도 현실은 그렇지 않다. 말을 물가에 끌고 갈 수는 있어도 물을 억지로 먹일 수는 없다. 자녀가 하고 싶고 소질이 있는 일을 하도록 해주어야 한다.

공동체의 책임과 의무를 배울 기회가 열어지자 평범한 다수의 학생도 피해를 봤다. 교사들이 인성·시민교육에 손을 놓으며 무질서는 더욱 커졌다. 인성교육은 사람으로서 마땅히 지켜야 할 가장 기본이 되는 밑바탕이다. 기본이 무너지면 모든 것이 무너지게 돼 있다.

사토 에이사쿠(佐藤榮作, 1901~1975)는 1964년 11월 9일~1972년 7월 7일까지 일본 수상을 역임했다. 1974년에는 노벨 평화상(오키나와 반환협정의 조인)을 수상했다. 수상 재임 중에 손자가 초등학교 4학년이었다. 손자의 담임 선생님이 가정방문을 왔을 때 수상이 현관에서 무릎을 꿇고 선생님을 맞이했다. 얼마나 융숭한 대접을 했던지 담임 선생님이 가고 난 후 그 손자가 물었다.

"할아버지, 선생님이 높아요? 수상이 높아요?"

"물론 선생님이 더 높지, 초등학교 때 우리 선생님이 나를 잘 가르쳐 주셔서 오늘 내가 수상이 된 것 아니냐. 그러니 높은 분은 선생님이야." 어린 손자에게 선생님에 대한 본을 보인 할아버지의 겸손에 대한 교양교육이었다.

가정 교육의 중요성을 일깨워주는 일화이다. 부모의 역할이 중요하다. 엄부(嚴父:엄격한 아버지)와 자모(慈母:자식에 대한 사랑이 깊다는 뜻으로 어머니)의 역할이 중요하다. 자녀들은 부모의 뒷모습을 보고 배워간다. 상행하효(上行下效)는 윗사람이 행하는 옳고 바른 일을 아랫사람이 본받고 따른다는 말이다. 비슷한 말로 우방수방(盂方水方)은 사발이 모나면 물도 모나다는 뜻으로, 군주가 모범을 보이면 백성이 올바른 방향으로 교화되는 것이며, 윗사람이 품행을 단정히 하면 아랫사람도 배워 바르게 행동한다는 말이다. 윗물이 맑아야 아래 물도 맑다. 학교는 스승다운 스승이 많아야 우리 아이들이 올곧게 자란다. 또한 사회는 어른이 어른 구실을 해야 존경이 심어진다. 어른다운 어른의 역할이 절실하다. 가정·학교·사회의 교육이 혼연일체가 되어 바로 세워야 나라는 번창한다.

예도(藝都:민속문화예술 수도) 진도(珍島)에서 올바른 교육의 깃발을 드높게 들자. 우리 진도에서 정도(正道)의 중심축이 되어보자.

2023. 08. 23.

Ⅱ. 예도(藝都) 진도(珍島)의 예혼(藝魂)

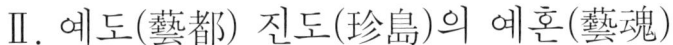
註(주) 藝都珍島(예도진도) : 文化藝術(문화예술) 首都(수도) 珍島(진도)의 略稱(약칭)

예도(藝都) 진도의 비전

문화예술은 세상을 바꾸는 힘

문화는 영어의 'culture'나 독일어의 'Kultur'등을 번역한 말이다. 이들은 라틴어'cultura'에서 유래하여 17세기 이래로 유럽에서 사용되고 있다. 이 단어는 원래 '농사' 또는 '육체와 정신의 돌봄'이라는 두 가지 뜻을 가졌었다.

진도군은 2023년 12월 29일 '지역중심 문화균형발전'을 선도할 「대한민국 문화도시」 13 도시 중 한 곳으로 선정되어 새로운 미래 문화예술산업 조성 사업비로 200억 원이 확보된다. 문화도시로 선정된 곳에는 3년(2025~2027년)간 2,600억 원을 투입해 문화로 지역의 삶을 바꿔가도록 한다. 2024년, 1년간 컨설팅과 예비사업을 거쳐 「대한민국 문화도시」로 최종 지정하게 된다.

문화예술인은 진도의 향토 문화를 가꾸어 가는데 그 책무가 막중하다. 문화예술은 계승에 국한되는 것이 아니라 21세기 정보화·세계화 시대에 걸맞은 패러다임(Paradigm) 구축의 핵심이 되어야 하고 선도해야 명실공히 『예도(藝都:문화예술 수도) 진도(珍島)』로 우뚝 설 수 있다.

지난 2022년 필자가 발간한 『예도(藝都) 진도(珍島)』 12p~14p에 「예도(藝都) 진도(珍島)를 가꾸려면」이란 주제로 글을 썼다. 그 내용 중 일부를 발췌하여 강조하면,

첫째, 교육에서 답을 찾아야 한다. 학교마다 진도의 「민속문화예술」을 교육과정에 반영하고, 교육활동 공개회는 물론 진도군의 축제에 학생들도 참여하도록 한다.

둘째, 일자리를 국가에서 지정하는 「공공형 일자리」와 「문화도시형 일자리」로 나누어서 생각해 볼 수 있다. 「공공형 일자리」는 그대로 가고, 「문화도시형 일자리」는 진도는 문화도시인만큼 「민속문화예술」인들이 활동하면 지원하는 방법을 연구해 보자.

셋째, 다문화 가정에도 관심을 가져야 한다. 그들의 문화도 이해하며 우리 문화를 충돌이 아닌 조화로운 문화로 함께 이어갈 수 있도록 문화이해 교육 프로그램을 개발하자. 이들과 함께 「예도(藝都) 진도(珍島)」의 세계화를 위해 진도 「민속문화예술」 분야 중 세계화가 가능한 종목으로 주제를 선정하여, 군민의 날에 가칭 진도 국제문화축제(Jindo universal culture festival)를 동시에 개최하면 어떨까?

넷째, 삶은 문화요, 청년은 미래의 희망이다. 청년이 문화를 이끌어 갈 수 있는 제도로 특정 문화 프로그램이나 일자리는 청년들이 일정부분 기성 예술인과 함께 상생하며 계승할 수 있는 기틀을 마련해 보자.

다섯째, 진도에서는 해마다 각 단체 주관·주최로 전국대회를 한다.

이런 대회에서 특별한 기능인이 아니라면 찬조로만 참여하면 어떨까? 우리 진도군이 시범을 보인다면 다른 지자체에서도 본받을 수 있다. 나이 들면 상 받기를 좋아한다. 과하면 뒷소리가 날 수 있고 정도(正道)가 아니면 부끄러운 일이다. 필자는 '견상여지(見賞如紙 : 상장 보기를 종이같이 하라)'라는 조어(造語)를 만들어 보았다. 이 조어의 출처는 견금여석(見金如石 : 황금 보기를 돌같이 한다)이다. 성현(成俔, 1439~1504)의 수필집『용재총화(慵齋叢話)』에 나오는 말이다. 최영(崔瑩, 1316~1388) 장군이 어렸을 때 그의 아버지 최원직(崔元直), ?~1331)은 항상 그에게 훈계하여 말하기를 '황금 보기를 돌같이 하라'고 하였다.

'예술'은 라틴어에 기원을 두고 있다. 아르스(Ars)에서 파생된 단어가 아트(Art)이다. 서양의학의 아버지 히포크라테스(Hippocrates, B.C 460?~B.C 377?)가 말했다는 "인생은 짧고 예술은 길다(Ars longa, Vita brevis)"는 영어로 'Art is long, life is short.(예술은 길고 인생은 짧다)'로 변역되었다. 문화적 사고란 역사적 사고며, 비판적 사고이고, 자유롭고 창조적인 사고라 할 수 있다. 꾸준한 연찬과 기능이 없는 상장 하나로 안일하고 오만하게 되는 삶의 철학은 위태롭다.

여섯째, 진도에서 개최되는 전국 경연대회도 중요하지만「면민의 날」이나「군민의 날」에 학생, 문화예술인들과 군민이 혼연일체가 되어「문화예술 축제」를 열면 어떨까? 이때 각 단체별로 우수한 작품을 발표한 많은 사람이 수상하도록 기회를 주고 카탈로그(catalog)를 만들어 문화재단의 예술활동증명서를 발급받는 데 도움이 되도록 하자. 군민 모두가 문화예술을 함께 빛내 '문화예술로 세상을 바꾸는 힘'의 주춧돌을 놓아 문화도시를 선도하자. 하면 된다.

미래를 위한 문화의 창출이나 창의적 아이디어는 정체성이 강한 전통문화를 바탕으로 성장 발전해 가도록 창의적 아이디어를 발휘하자. 고유문화와 전통에서 창의적 아이디어를 더하고 이를 토대로 창조적 문화를 도출할 때 진도만의 문화가 창출되고 그로 인해 예상을 뛰어넘는 문화예술이 창달될 수 있다. 문화는 경쟁력이다. 세계를 휩쓸고 있는 K팝 열풍은 문화의 힘을 뚜렷하게 보여주고 있다.

진도군을 주축으로 문화예술 발전을 위한 치밀한 계획과 최대의 봉사를 해야 한다는 일관된 의지로 문화원, 진도 예총, 군민이 혼연일체가 되어 함께 매진해야 극대화되고 문화 일번지로 각광받는다.

진도만의 독특한 문화, 진도의 정신과 정체성이 살아있는 역사적 문화가 융합되어 문화의 신기원을 이루어 보자. 문화적 가치가 높아져야 관광자원도 진도의 산물도 후광 효과로 빛나게 된다.

「민속문화예술」인들의 예혼(藝魂)을 심어 진도를 진도답게 하는 동기부여를 자극하여, 청룡의 기운으로 화룡점정을 그려 세계를 향한 「예도(藝都) 진도(珍島)」로의 약진! 지금 바로 시작하자.

2024. 02. 14.

진도의 자존감

예도(藝都) 진도(珍島) 표상의 후광

   하서(河西) 김인후(金麟厚, 1510~1560, 장성현 대맥동리)가 소쇄원(명승 제40호, 전남 담양군 지곡리) 주인 소쇄옹(瀟灑翁) 양산보(梁山甫, 1503~1557, 담양군 창평)에게 보낸 시가 전한다. '1548년 정월보름 날 소쇄원에 드리다(무신상원봉기소쇄원 戊申上元奉寄瀟灑園)' 제목으로『하서전집(河西全集)』에 실렸다.

   소쇄원에는 소쇄옹이 있어(瀟灑園中瀟灑翁·소쇄원중소쇄옹)/ 한 해 농사를 동풍에 점쳐보네.(一年春事占東風·일년춘사점동풍)/ 매화 소식은 언제나 변함이 없으니(梅花消息渾依舊·매화소식혼의구)/ 묻노니 인심 또한 그대로인지(爲問人心同不同·위문인심동부동).

   김인후는 1510년 담양 인근 장성에서 태어나 퇴계(退溪) 이황(李滉, 1501~1570, 경상북도 안동시)과 성균관에서 함께 공부한 후, 1540년 문과에 급제하였다. 1543년 홍문관 박사 겸 세자시강원 설서를 지내며 당시 세자였던 인종(仁宗, 1515~1545, 재위 1544~1545)을 가르쳤다. 인종이 즉위 9개월 만에 사망하고 을사사화(乙巳士禍, 1545)가 일어나자 낙향해 성리학 연구와 후학 양성에 정진한 올곧은 인물이다.

소쇄원은 정자가 있는 별서 정원이다. 첫 행의 '소쇄옹'은 소쇄원을 건립한 양산보를 일컫는다. 양산보는 15세 때 상경해 정암(靜庵) 조광조(趙光祖, 1482~1519, 서울) 문하생이 되어 수학했으며, 기묘사화(1519, 중종 14)로 스승 조광조가 사약을 받자 충격을 받고 낙향했다. 그 뒤 소쇄원을 짓고 세속적인 것과 거리를 멀리했다. 김인후가 '인심 또한 그대로인지' 물은 대목은 양산보가 여전히 세속 물욕과 상관없이 살고 있음을 강조한 것이다. 소쇄원 경영에는 면앙정(俛仰亭) 송순(宋純, 1493~1582, 담양)과 김인후 등도 참여했다. 송순은 양산보와 이종 사촌, 김인후는 양산보와 사돈 간이었다. 담양부사를 지낸 석천(石川) 임억령(林億齡, 1496~1568, 해남)과 인근 환벽당(環碧堂 2013년 11월 6일 대한민국의 명승 제107호 광주 환벽당 일원으로 승격)의 주인 사촌(沙村) 김윤제(金允悌, 1501~1572, 광주광역시), 동래부사를 지내고 임진왜란 때 금산싸움에서 작은아들 학봉(鶴峯) 고인후(高因厚, 1561~1592, 광주광역시)와 함께 전사한 제봉(霽峰) 고경명(高敬命, 1533~1592, 광주광역시) 그리고 고봉(高峰) 기대승(奇大升, 1527~1572, 나주), 송강(松江) 정철(鄭澈, 1536~1593, 서울), 서하당(棲霞堂) 김성원(金成遠, 1525~1597, 광주광역시) 등이 소쇄원을 드나들며 시를 읊었다. 김성원은 임억령, 정철, 고경명 등과 함께 '성산사선(星山四仙)'으로 불린다.

훗날 정조 때에 이르러 문정공(文正公)이란 시호와 더불어 문묘에 배향된 18현 중 한 사람이 김인후이다. 흥선대원군[興宣大院君 : 이하응(李夏應), 1820~1898)]이 김인후의 고향 장성을 가리켜 '문불여장성(文不如長城)', 즉 '학문으로는 장성만 한 곳이 없다'고 말한 까닭도 그로부터 연유한다.

우리 진도는 어떤가? 학고(鶴皐) 김정호(金井昊, 1937~, 진도군 임회면 사령리) 전) 문화원장은 '예불여진도(藝不如珍島)', '예술로는 진도만 한 곳이 없다'고 문화원 벽면에 호기롭게 게시한 적이 있는데 적어도 이 정신과 기상만큼은 대대로 지켜가야 한다.

진도는 소치(小痴) 허련(許鍊, 1809~1892, 진도읍 쌍정리) 선생을 비롯하여, 대금산조의 명인 박종기(朴鍾基, 1880~1947, 진도군 지산면 인지리), 동양의 명필 소전(素荃) 손재형(孫在馨, 1903~1981, 진도읍 교동리), 추사(秋史) 김정희(金正喜, 1786~1856, 충남 예산)와 소치(小痴), 의재(毅齋) 허백련(許百鍊, 1891~1977, 진도읍 남동리) 선생을 잇는 남종화의 대가 금봉(金峰) 박행보(朴幸輔, 1935~, 진도군 군내면 신동리), 불문학자 김현[金炫, 1942~1990, 본명 김광남(金光南), 진도읍 남동리], 국악인 신영희(申英姬, 1942~, 진도군 지산면 인지리) 등 걸출한 인물을 배출한 곳이며, 손꼽는 후계자들도 늘어섰다.

더구나 2022년 8월 1일 현재 유네스코 인류무형문화유산 3종[강강술래(2009), 아리랑(2011), 농악(2014)], 유형문화재 27종(국가 12, 도 15), 무형문화재 12종(국가 5, 도 7) 보유자는 15명(국가 6, 도 9)이고, 향토문화유산은 36종(유형 23, 무형 13)이다. 실로 대단하다. 또한 진도를 주제로 연구한 학자들은 2022년 10월 14일 현재 석사학위

262명, 박사학위 논문 발표자가 39명이다. 어느 지역과 견주어도 드 높다. 구슬도 꿰어야 보배가 된다. 그 중심에는 사람이 우뚝하게 빛나 야 한다.

민속문화예술이 영롱히 간직된 진도! 그래서 2013년 전국 최초로 유일하게 「민속문화예술특구」로 지정되지 않았는가? 진도는 예부터 시(詩)·서(書)·화(畵)·창(唱)으로 이름난 곳이며 민속문화가 빼어난 다. 이제 진도군과 의회, 사회단체, 군민이 한마음으로 「민속문화예술 특구」에 자만하지 말고 「예도(藝都 : 민속문화예술의 수도) 진도(珍 島)」라고 선언하고 걸맞게 가꿔가야 미래가 찬연하다. 예도(藝都)로 칭하면 그 표상(表象)의 후광으로 군격(郡格)이 높아지고 시너지 효 과로 정신문화(군민의 정신적 자존감, 문화 예술 분야)나 경제적(관광 객 증가, 진도 특산물 가치 상승 등)인 성장은 불을 보듯 뻔하다. 그날 을 위하여!

2023. 12. 06.

「대한민국 문화도시」 진도

「예도(藝都):문화예술 수도) 진도(珍島)」 말씨부터 달라져야

　2024년(갑진년) 청룡의 해를 맞아 새해 벽두부터 반가운 소식이 진도군에 전해졌다. 문화체육관광부(장관 유인촌)는 2023년 12월 29일 문화도시심의위원회(위원장 정갑영)의 심의를 거쳐 윤석열 정부 국정 과제 '지역중심 문화균형발전'을 선도할 「대한민국 문화도시」 조성계획 승인 대상지로 세종특별자치시, 강원 속초시, 대구 수성구, 부산 수영구, 전남 순천시, 경북 안동시, 경기 안성시, 전북 전주시, 전남 진도군, 경남 진주시, 충북 충주시, 경남 통영시, 충남 홍성군 등 총 13곳을 선정했다.(지자체명 가나다순) 진도군은 「대한민국 문화도시」 선정 쾌거로 새로운 미래 문화예술산업 조성 사업비로 200억 원이 확보된다. 진도군은 진도아리랑, 전통 무용 등을 기반으로 하는 '민속문화 마스터클래스' 특성화(앵커) 사업으로, 한국을 대표하는 「민속문화도시」로의 성장 가능성을 높게 평가받았다.

문화도시로 선정된 곳에는 3년(2025~2027년)간 2,600억 원을 투입해 문화로 지역의 삶을 바꿔가도록 한다. 2024년, 1년간 컨설팅과 예비사업을 거쳐 「대한민국 문화도시」로 최종 지정하게 된다.

　진도군은 「민속문화예술특구」의 명예와 「대한민국 문화도시」라는 자부심을 안고 새로운 지평을 열어가야 할 막중한 과업이 안겨졌다. 진도군민과 인근 지역민들의 삶의 질을 견인하는 계기도 마련되어야 한다.

　진도군은 「대한민국 콘텐츠의 세계 도파민 WAVE, 민속문화의 수도 진도」라는 비전·목표를 설정했다. 문화도시의 목표를 달성하기 위하여 밑그림을 크게 그려 대한민국의 문화를 선도해가야 한다.

　필자는 2022년 집필한 『예도(藝都) 진도』 pp.12~14에 「예도(藝都) 진도(珍島)를 가꾸려면」이란 글을 썼다. 폭 좁은 생각이니 참고하여 더 좋은 생각이 창출되기를 바란다. 진도를 예도(藝都)라 한 이유는 민속문화예술이 어느 지역보다도 뛰어나기 때문이다. 또한 「예도(藝都)」를 「민속문화예술 수도」라고 칭했는데 줄여서 「문화예술수도」나 「문화수도」라고 불러도 된다. 「문도(文都)」라고 의문을 제기할 수도 있지만, 글의 결이 다르다. 예술(藝術)은 문화에 포함되고, 문화와 일맥상통하는 큰 축으로 문화 수준을 가름하는 척도다. 더구나 진도의 예술(藝術)은 어느 곳보다 빼어난 곳이다.

　흥선대원군[興宣大院君, 이하응(李昰應), 1820~1898]이 전국을 유람하며 남도의 독특한 기상이나 특산물, 아름다운 전통을 여덟 가지로 호남팔불여(湖南八不如)의 평을 남겼다. 한양으로 돌아가던 길에 장성을 마지막에 들렀다. 하서(河西) 김인후(金麟厚, 1510~1560), 고봉(高峰) 기대승(奇大升, 1527~1572), 노사(蘆沙) 기정진(奇正鎭, 1798~1879) 등 걸출한 선비를 배출한 곳이 장성이기에 학문으로는 장성(長城)만한 곳이 없다는 뜻으로 문불여장성(文不如長城)이라고 칭하였다.

몇 년 전 도곡(道谷) 변홍연(邊興淵:전남대평생교육원 진도캠퍼스 한시학과 지도교수) 선생은 다음과 같은 한시로 진도를 예찬하였다.

「(예불여진도)藝不如珍島」

前 珍島中國語漢文學院長/도곡(道谷) 변홍연(邊興淵) 음(吟)

예불여진도숙언(藝不如珍島孰言) 예불여진도 누가 말하였는가

연전도곡발근원(年前道谷發根源) 여러 해 전에 도곡이 근원을 밝혔네

재능만세유선골(才能萬世猶仙骨) 재능이 만세의 선골을 닮았으며

기품천추사몽혼(氣稟千秋似夢魂) 기품은 천추에 꿈속의 넋을 보이네

호호수방서화재(戶戶垂房書畫在) 집집마다 방을 드리운 서화가 있고

촌촌기주무가존(村村嗜酒舞歌存) 마을마다 술 즐기고 가무가 보존되었네

명인출중풍류속(名人出衆風流續) 명인들은 출중하고 풍류가 이어져

필시전승진호번(必是傳承盡浩繁) 반드시 전승되어 널리 번성을 다하리라.

이제 우리는 지금 누리는 문화에 새로운 문화를 윤색해 내야 한다. 그 첫 번째가 말하는 방법을 바꿔가야 한다. 좋은 생각은 말이 되고, 말은 행동으로, 행동은 습관으로, 습관은 품격을 만든다고 한다. 좋은

생각을 품고 좋은 말을 하는 습관을 기르자. 말도 자주 쓰면 때에 맞게 절로 나온다. 연습이 필요하다. "안녕하세요. 고맙습니다. 감사합니다. 미안합니다. 사랑합니다. 죄송합니다. 할 수 있습니다. 꿈이 있습니다. 희망이 있습니다. 해낼 것입니다. 하고야 말 것입니다. 대단합니다. ○○을 잘 해..." 등의 칭찬과 격려의 말을 적절한 시기에 쓸 줄 알아야 한다. 칭찬과 격려, 좋은 말도 연습이 필요하다. 말씨는 행복의 씨앗이다. 좋은 말은 행복 에너지요, 행복은행이다. 품격있는 말은 자신은 물론이고 상대의 인생도 바꿀 수 있다. 내가 한 말의 95%가 나에게 영향을 미친다. 작은 것 같지만 말씨부터 바꿔가야 사람의 품격이 달라진다. 훌륭한 사람들의 말씨는 향기가 오래도록 풍기며 그 한마디로 사람의 삶이나 역사도 바꾼다. 인생을 빛나게 하는 것은 덕담(德談)이며, 오늘은 어제 사용한 말의 결실이고, 내일은 오늘 사용한 말의 열매다.

김희수 진도군수는 "문화도시 지정을 위해 아낌없는 성원을 보내준 문화예술인·단체와 군민 여러분께 감사하다"며, "군민들의 참여로 소통이 함께하는 문화도시를 건설해 군민들의 삶이 윤택해지고 지역의 발전을 도출해내는 최고의 문화도시, 진도로 거듭날 수 있도록 최선을 다하겠다"고 밝혔다.

예도(藝都 : 문화예술 수도 : 문화 수도) 진도(珍島)의 첫 단추는 말씨부터 달라져야 하지 않을까?

2024. 01. 10.

진도아리랑의 울림

예도(藝都 : 문화예술 수도) 진도 문화·예술은 으뜸

무더위가 식을 줄 모르는데 한가위 보름달은 유난히 밝다. 떴다 지
는 저 달에 「진도아리랑」이 스며든다. 때맞추어 사) 한국한시협회진도
지회(지회장 박정석)에서는 이번에 전국 한시지상백일장을 개최하는
데 시제(詩題)가 찬인류무형문화유산진도아리랑(讚人類無形文化遺
産珍島阿里娘)이다. 시제의 운(韻)에 맞춰 생의 언저리에서 한스러워
눈물 머금고 졸시(拙詩)를 지어 읊조린다.

옥주탁관산명향(沃州卓冠産名鄕) 진도는 뛰어난 사람이 태어난 명향으로

창작종기아리랑(創作鍾基阿里娘) 박종기 선생은 진도아리랑을 창작했네

허련운림재격계(許鍊雲林才格繼) 소치 선생 운림산방 재격은 이어지고

소전전첩예서장(素荃戰捷藝書藏) 소전 선생 예서는 전첩비가 품고 있네.

내빈갈채환반락(來賓喝采歡般樂) 내빈 갈채와 환호로 크게 즐기고

탐상칭사감조장(探賞稱辭感助長) 탐상객의 칭찬으로 감응이 조장되네.

양토민생요선동(壤土民生謠煽動) 양토는 민생을 민요로 부추겼으니

문유세계영선양(文遺世界永宣揚) 문화유산은 세계에 영원히 선양되리라.

매헌(梅軒) 박영관(朴英寬) 음(吟)

대한민국의 민요이자, 명실상부한 한국문화의 가장 대표적인 노래, 아리랑은 지역마다 수많은 버전이 존재한다. 유네스코에 의하면 '아리랑'이라는 제목으로 전승되는 민요는 약 60여 종, 3,600여 곡에 이르는 것으로 추정하고 있다. 아리랑의 어원이나 의미에는 여러 가지 해석이 있는데 아직 정설로 확정된 건 없다. 구전으로 전승되고 재창조되어 온 아리랑은 한국의 전통민요다. 2011년에 아리랑을 국가문화재로 지정했다. 그리고 2012년 12월 6일(5일 현지 시간), 유네스코는 프랑스 파리에서 열린 제7차 무형유산위원회(Intergovernmental Committee For The Safeguarding Of The Intangible Cultural Heritage)에서 우리 정부가 신청한 아리랑의 등재를 확정했다. 전해오는 여러 아리랑 중에서 정선·밀양·진도아리랑을 3대 아리랑이라 부른다. 장단·박자·가사가 서로 다른 수많은 아리랑이 한국은 물론 우리 민족이 사는 세계 곳곳에 존재한다. 다양한 가락과 넋두리 같은 2행시 표현으로 사회와 시대의 변화를 증언하고 제기한다. 우리 문학사와 예술사에 질기고 굵은 맥을 전승해오고 있다.

「정선아리랑」은 원래 「아라리」로 일컬어지던 노래이다. 정선을 비롯하여 이웃 영월과 평창에 집중적으로 분포된 「아라리」는 이 지역의

민요적 음악언어를 충실하게 간직하고 있는 것으로 평가되고 있다.

한편 정자소리 토리권인 영남을 배경으로 삼고 있는 「밀양아리랑」의 경우에도 그 음악언어의 특성이 정자소리의 음악언어에 대하여 다소간의 차이를 보여주고 있음이 지적되고 있다. 「밀양아리랑」의 분포는 밀양을 중심으로 하여 경상남도 동북지방에 집중적으로 분포되어 있다.

진도 출신 박종기(朴鍾基, 1880년~1947) 선생은 조선 고종, 일제 강점기 때의 대금산조 명인이다. 대금연주에서, 정악(正樂)에 김계선(金桂善, 1891~1943, 서울), 민속악(民俗樂)에 박종기 선생으로 쌍벽을 이루었다. 당시 삼남지방(三南地方)의 유명한 '박젓대'가 박종기 선생이다.

진도아리랑의 전래와 창작은 박종기 선생이 신청의 여러 사람과 그 가락을 정비하고 이름을 「진도아리랑」이라 하였다고 한다. 또한 조선 신궁 건립에 맞춰 조선 총독 앞에서 「진도아리랑」을 대금으로 불었다고 한다. 본래 「남도아리랑」이라 부르던 곡을 대금 악사인 박종기 선생이 편곡하여 「진도아리랑」이라 이름하였다. 이 곡이 취입된 첫 음반은 1928년 오케판 「진도아리랑」이다. 선생은 부모의 중병에 살을 도려 약에 쓴 효행을 비롯한 여러 가지 일화를 남긴 기인(奇人)이기도 하다. 「진도아리랑」의 선율은 남도 음악의 여러 악곡에서 일종의 공식구로 활용되고 있다. 남도잡가 가운데 "삼산(三山)은 반락청천외(半落靑天外)요 이수중분(二水中分)은 백로주(白鷺洲)로구나"로 노랫말이 시작되는 「삼산은 반락」과 「물레타령」은 「진도아리랑」에서 나온

악곡이다.

아리랑에 대한 기록으로는 1883년 일본인 관리와 1895년 일본인 기자에 의한 것과 1886년 방한한 미국인 선교사 H·B. 헐버트 ((Homer Bezaleel Hulbert, 1863~1949)가 1896년 채보한 것이 있다. 또한 대한제국 조선왕조 말기의 선비이며 우국지사인 황현(黃玹, 1855~1910)이 1894년에 기록한『매천야록(梅泉野錄)』에 고종이 들었다고 하며 "아리랑타령(阿里娘打令)"으로 기록한 것이 있다. 그런데 황현의 기록이나 두 일본인의 기록에는 노랫말과 해설 밖에는 없다. 아리랑을 역사상 최초로 서양 음계로 채보한 사람은 헐버트이다. 1886년 조선에 당도하자마자 어린이들이 부르는 아리랑에 흥미를 느껴, 1886년 10월 아리랑에 악보를 붙여 누이동생에게 전해주었다. 1896년「조선의 성악(Korean Vocal Music)」이라는 논문을 발표하며 아리랑을 소개하여 역사상 최초로 구전으로만 전해오던 아리랑에 서양 음계를 붙이고 가사도 채록한 채보자다. 그는 "아리랑은 조선인들에게 쌀과 같은 존재다"고 아리랑을 정의했다. 그는 한민족은 음악성이 뛰어난 민족으로 "즉흥곡의 명수이자 조선인들이 노래하면 워즈워스(William Wordsworth, 1770~1850, 영국) 같은 시인이 된다"라고 한민족의 음악성을 높이 평가했다. 고종의 밀사로도 활약했다. '한국인보다 한국을 더 사랑한' 역사의 양심 헐버트를, 안중근(安重根, 1879~1910) 의사는, 1909년 뤼순감옥에서 "한국인이라면 헐버트를 하루도 잊어서는 안 된다"고 했다. 정부 수립 후 1949년 국빈으로 초대되어 내한했으나, 병사하여 양화진(楊花津) 외국인 묘지에 묻혔다.

헐버트는 대한민국 역사에서 유일하게 '건국훈장'과 '금관문화훈장' 두 훈장을 수훈했다.

그의 어록을 살펴보면, "한글과 견줄 문자는 세상 어디에도 없다", "일본 외교는 속임수가 전부다", "3.1운동은 세계사에서 가장 아름다운 애국심의 본보기", "세계에서 가장 빼어난 민족", "나는 웨스트민스터 사원(Westminster Abbey)보다 한국 땅에 묻히기를 원한다"고 했다.

「진도아리랑」 가락에 취하니 어깨춤이 절로 난다. 진도아리랑보존 회[회장 박병훈(朴秉訓), 1936]는 1985년 7월 13일 조직되었다. 향전 (鄕田) 박병훈 회장의 열정으로 꾸준하게 이어지고 있다. 예도(藝都 : 문화예술 수도) 진도 문화·예술은 으뜸이다. 삶의 질을 바꾸는 자부 심이다.

2024. 09. 23.

참고문헌

· 『珍島 아리랑打令 가사집』, 박병훈, 진도인쇄소, 1896.
· 『아리랑 시원설 연구』, 김연갑, 명상, 2006.
· 『아리랑······역사여 겨레여 소리여』, 김열규, 조선일보사, 1987.

칠월 칠석(七月 七夕)

미풍양속의 계승 발전

　다가오는 8월 10일은 민족 명절 중 하나인 칠석이다. 음력 칠월 칠석은 견우와 직녀가 만나는 날로 알려져 있다. 서양에 로미오와 줄리엣이 있다면, 동양에는 칠월 칠석 견우와 직녀의 눈물겨운 사랑이 있다.

　칠월 칠석에 대한 최근 우리 진도 한시인의 시 한 편을 소개한다.

　칠석유감(七夕有感)

　칠석애환상제향(七夕哀歡想帝鄉) 칠석절의 애환은 하늘나라 생각하고

　은하세계미성광(銀河世界美星光) 은하의 세계는 아름다운 별빛일세

　견우서향여호활(牽牛西向如湖闊) 견우 바라본 서쪽 넓은 호수와 같고

　직녀동방사해망(織女東方似海茫) 직녀 향한 동쪽 바다같이 아득하구나

　평일련심우간절(平日戀心尤懇切) 평일의 연심은 더욱 간절하고

　매년상면우기망(每年相面又祈望) 해마다 상면을 또 기망하였네

전래오작승신화(傳來烏鵲承神話) 전래하는 오작교의 신화를 계승하고

잔속랑풍재기장(殘俗良風再起張) 쇠잔해진 속세 양풍 다시 넓히세.

이 한시는 진도 의신면 도목리에서 사는, 이 시대의 올곧은 선비 도암(桃岩) 이춘홍(李春泓) 선생의 칠석유감이라는 한시다. 이 시는 2023년 한국한시협회 시협풍아에 제출하여 입선한 작품이다. 이춘홍 선생은 진도풍수지리 동아리 회장을 다년간 맡았고, 현재는 한국한시협회 진도지부[지부장 옥천(玉川) 박정석(朴廷石)] 회원이며, 사)한국효도회 진도지회장이다. 문화예술인들은 진도 문화예술을 빛내고 지켜가는 보배이고 본받을 분으로 도암 선생은 그중 한 분이다.

칠석에 대한 유래는 『진도군지(珍島郡誌), 1976』의 394쪽을 보면, "칠석(七夕)은 은하수(銀河水)를 격(隔)하여 상망(相望 : 서로 바라봄)만 하던 견우성(牽牛星)과 직녀성(織女星)이 만나는 날이란 전설(傳說)이 있는 날이다. 중국(中國), 우리나라, 일본(日本)이 모두 전설(傳說)과 더불어 한때는 성(盛)히 즐겼으나 근래(近來)에도 전설적(傳說的) 고속(古俗)에 불과하다"고 간단하게 언급되었다. 아쉬웠다. 더구나 『진도군지(珍島郡志), 2007』에서는 눈이 나빠서인지 찾아볼 수 없었다. 그러나 어렸을 때 필자의 외할머니도 칠석날이 되면 쌍계사나 해남 대흥사로 공들이러 가던 모습이 어렴풋이 떠오른다.

『세시풍속(歲時風俗)』, 『한국세시풍속연구(韓國歲時風俗研究)』 등 민속 사전류를 살펴보았다.

칠석의 유래는 중국의 『제해기(薺諧記)』에 처음 나타난다. 주(周)나라에서 한대(漢代)에 걸쳐 우리나라에 유입되기까지 윤색을 거듭하여 온 것으로 보인다.

  옥황상제가 다스리는 하늘나라 궁전의 은하수 건너에 부지런한 목동인 견우가 살고 있었다. 옥황상제는 견우가 부지런하고 착하여 손녀인 직녀와 결혼시켰다. 결혼한 견우와 직녀는 너무 사이가 좋아 견우는 농사일을, 직녀는 베짜는 일을 게을리했다. 이것을 본 옥황상제가 크게 노하여 두 사람을 은하수의 양쪽에 각각 떨어져 살게 하였다. 구슬픈 사연을 알게 된 까마귀와 까치들은 해마다 칠석날에 이들이 만나게 하기 위해서 하늘로 올라가 다리를 놓아주니 이것이 오작교(烏鵲橋)다.

  칠석 다음날 까마귀와 까치의 머리를 보면 모두 벗겨져 있는데 그것은 오작교를 놓기 위해 머리에 돌을 이고 다녔기 때문이라 한다. 칠석날에는 비가 내리는데 하루 전에 내리는 비는 만나서 흘리는 기쁨의 눈물이고, 이튿날 내리는 비는 헤어지면서 흘리는 슬픔의 눈물이라고 한다. 또는 낮에 오는 비는 기쁨의 눈물이고 밤에 오는 비는 슬픔의 눈물이라고 한다. 이 설화는 독수리별 자리[취성좌(鷲星座)]의 알타이르(Altair)별과, 거문고 별[금성좌(琴星座)]의 베가(Vega)별을 가리키는 것으로, 두 별이 은하수의 동쪽과 서쪽에 위치하여 유래한 듯하다.

  우리나라도 삼국시대의 고구려 고분 벽화 가운데 평안남도 남포시 강서구역에 있는 덕흥리 고분벽화에 견우와 직녀 설화를 반영한 것이라고 볼 수 있는 그림이 있다. 고려 공민왕이 왕후와 더불어 칠석날

궁궐에서 견우성과 직녀성에 제사하고 백관들에게 녹을 주었다고 했고, 조선조에 와서는 궁중에서 잔치를 베풀고 성균관 유생들에게 절일제(節日製)의 과거를 실시하였다. 민간에서도 칠석의 풍속이 활발히 전개되었던 모습은, 도애(陶厓) 홍석모(洪錫謨, 1781~1857) 선생이 1849년 간행한 『동국세시기(東國歲時記)』를 통해서도 짐작할 수 있다.

또한 도교의 전래와 함께 전해졌을 것으로 보이는 칠성신(七星神)에 대한 기록은 고려시대 이규보(李奎報, 1168~1241)의 『동국이상국집(東國李相國集) 2』「노무편(老巫篇)」에 칠원성군(七元星君)을 모셨다는 내용에서도 찾아볼 수 있다.

칠석날은 올벼를 추수할 즈음 익은 벼 이삭을 제일 먼저 잘라 쌀이나 나락의 형태로 성주단지에 갈아 넣는 의례를 했다. 지역에 따라 고사(告祀), 칠석고사(七夕告祀), 칠석맞이, 칠석불공(七夕佛供), 등 다양하게 말해지고 있으나 칠석고사와 칠성고사가 가장 흔하게 사용되었다.

미풍양속은 전승 발전시키고 옛 문화의 기록은 이어져야 한다. 아름다운 문화를 지켜가는 사람은 이 시대를 함께하는 예도(藝都:문화예술수도) 진도의 문화예술인이다. 문화창달을 위해 다 함께 매진해보자.

2024. 08. 05.

참고문헌

· 金宅圭. 韓國農耕歲時의 研究, 1985년
· 任東權. 韓國歲時風俗研究. 集文堂, 1985년
· 韓國의 歲時風俗 I (국립민속박물관, 1997)

한가위 보름달처럼 환한 동행

추석만 같아라

    올해 여름이 기상 관측 역사상 가장 높은 평균기온을 기록한 것으로 나타났다. 1908년부터 기상 관측을 시작한 서울은 올여름 더위 기록을 새롭게 썼다. 올해 서울의 여름 평균기온은 26.8도로 117년 관측 역사상 가장 높았다. 기존 1위와 2위였던 2018년(26.6도)과 1994년(26.3도) 더위 기록을 줄줄이 갈아치웠다.

    전 지구의 온난화 현상이 폭염에 영향을 줬다는 분석이 있다. 기상 전문가들은 기후변화로 인해 이런 극한 폭염이 앞으로 더욱 빈번하게 나타날 수 있다고 전망한다. "지구온난화로 기온이 상승하면 미래에는 폭염이나 열대야는 더 강하게, 더 많이 발생할 것"이라고도 예측했다. 걱정이다. 입추와 말복, 처서가 지났지만, 여전히 무더위가 누그러들지 않다가 9월이 되니 수그러들기 시작한다. '입추는 배신해도 처서는 배신하지 않는다'라는 속담이 있다. 그러나 이 속담도 무색하다. 무더위를 보내고 선선한 바람을 마중하면 추석(秋夕) 명절이 찾아온다.

더위를 이기려 책을 넘기다 송강(松江) 정철(鄭澈, 1536~1593), 노계(蘆溪) 박인로(朴仁老, 1561~1642), 면앙정(俛仰亭) 송순(宋純, 1493~1582)과 함께 조선 시조 시가의 대표적인 인물로 손꼽히는 고산(孤山) 윤선도(尹善道, 1587~1671) 선생이 추석에 쓴 시를 읽었다. 윤선도 선생은 조선조 중기 15대 광해군 3년 1611년 신해년에 스물네 살이었다. 이때 생모인 순흥 안씨의 3년 상(喪)을 치르면서 추석을 맞는다. 얼마 전까지 무덥던 날씨가 어느새 가을로 바뀌자 맑은 바람이 시원하게 부는 가운데 하늘에는 두둥실 둥근 달이 떠올랐다. 시심이 동한 선생은 서늘한 바람을 배 위에서 맞으며 달밤의 흥취를 그린 동파(東坡) 소식(蘇軾, 1037~1101)의 「적벽부(赤壁賦)」가 생각이 나서,

'맑은 바람 밝은 달은 돈 한 푼 안 들여도 나의 것'(청풍명월불용일전매)淸風明月不用一錢買」'이라는 제목으로 청량한 시를 지었다.

맑은 바람 밝은 달은 유독 무슨 일로/淸風明月獨何事(청풍명월독하사)
백수와 상관없이 내 앞에 오셨는가/不煩白水來吾前(불번백수래오전)
흔연히 기쁘면서도 괴이하게 여겨져서/欣然自幸還自怪(흔연자행환자괴)
물리를 사색하며 선천을 궁구하였다오/坐思物理窮先天(좌사물리궁선천)

추석은 한가위 또는 중추절(仲秋節)이라고도 한다. 중추절은 가을을 초추(初秋), 중추(仲秋), 종추(終秋) 3달로 나누어 8월이 그 가운데 들어서 붙인 이름이다. 한가위의 유래는 신라 시대까지 거슬러 올

라간다. 한가위의 '한'은 '크다'는 뜻이고 '가위'는 음력 팔월 보름날이
다. 신라의 가배(嘉俳)에서 유래하였다고 한다. 『삼국사기(三國史記,
1145), 김부식(金富軾, 1075~1151)』에 의하면 왕이 신라를 6부로 나
뉘고 왕녀(王女) 2인이 각부를 통솔하여 무리를 만들고 7월 16일부터
길쌈을 하여 8월 15일 그 성과를 살폈다. 그 결과에 따라, 진 편이 술
과 음식을 내놓아 이긴 편을 축하하며 가무(歌舞)와 놀이를 즐겼다.
이를 '가배(嘉俳)'라 하였다. 오곡백과가 풍성하여 일 년 가운데 가장
넉넉한 때라는 뜻으로 붙인 이름이라고 전해지고 있다. 추석은 고대
로부터 있던 '달에 대한 신앙'에서 유래된 것이라는 설도 있다. 중추의
밤, 하늘 천장에 떠 있는 만월의 환한 빛이 방안에 가득 드리운다. 추
석은 음력 8월 15일로 '설', '단오', '정월 대보름'과 함께 우리나라의 4
대 명절에 속한다.

한국천문연구원(https://astro.kasi.re.kr/life/pageView/6)은 9월 2
일 '2024년 추석 보름달 관련 천문정보'를 밝혔는데, 올해 추석 보름
달은 서울을 기준으로 9월 17일(음 8.15) 18시 17분(진도 18시 17분)
에 뜨고, 지는 시각은 04시 46분(진도 04시 53분)이다. 17일 한가위
보름달을 가장 빨리 만날 수 있는 곳은 울산과 부산으로 18시 6분에
뜬다. 보름달이 가장 늦게 뜨는 곳은 인천으로 18시 18분이다. 한가위
대보름달이 가장 높이 뜨는 시각은 추석 당일 자정을 넘어 18일 0시
4분이다.

한가위 날 아침 일찍 일어나 가장 먼저 하는 것은 차례를 지내는
일이다. 차례상은 설과 달리 흰 떡국 대신 햅쌀로 밥을 짓고 술을 빚
고, 햇곡식으로 송편을 만들어 차례를 지낸다.

예부터 가을이 풍요로운 것은 월신(月神)이 복을 내렸기 때문이라고 여겼기에 가장 밝고, 크고, 둥근 8월의 보름달을 향해 감사의 제사를 지내게 되었고, 또한 자고로 어두운 밤은 두려움과 공포의 대상이었기에 밝게 빛나는 만월(滿月)은 마음의 평안을 준다고 믿었다. 이 때문에 달빛 아래서 축제를 벌이게 되었고 일 년 중 가장 큰 만월을 이루는 8월 15일인 추석을 큰 명절로 여겼다는 것이다.

추석이 되면 기후가 쌀쌀해지므로 여름옷에서 가을옷으로 갈아입는다. 그래서 한가위에 입는 새 옷을 추석빔이라고 한다. 옛날 농사짓는 집에서는 머슴들까지도 한가위에 새 옷을 한 벌씩 해주었다고 한다.

우리 고장은 1년 농사를 지으면 3년을 먹고도 남아돌아 인심과 산물이 풍성해 웃음소리가 넘쳐났다. 하지만 여유와 넘침은 예전만 못하다. 계속된 어려움과 힘든 환경 탓이다. 천 년 이상 내려온 추석은 가족과 이웃끼리 정 나눔으로 가득했으면 한다. 예도(藝都:문화예술 수도) 진도를 비롯한 모든 곳에서 한가위 보름달처럼 환한 동행으로 '추석만 같아라'라는 소리가 넘쳐나는 따뜻한 명절이 됐으면 하는 바람이다.

2024. 09. 10.

문화의 달 10월

문화 창달 활동으로 예도(藝都) 진도를 가꾸어 가자

문화의 날은 10월 셋째 토요일이다. 국민의 문화 의식과 이해를 높이고 문화 활동에의 적극적인 참여를 유도하기 위함이다. 1970년대에 들면서 문화 창조의 필요성이 증대됨에 따라 1972년 「문화예술진흥법」을 제정·공포하였다. 1973년 3월 「각종 기념일 등에 관한 규정」에 의해 '방송의 날', '영화의 날', '잡지의 날'을 흡수·통합하여 10월 20일을 '문화의 날'로 제정하였다. 2006년 9월에 '문화의 날'을 10월 20일에서 10월 셋째 토요일로 변경하였다. 2013년 12월 30일 제정된 「문화기본법」에 법정기념일로 지정했다. 방송, 잡지, 영화 등 대중매체의 사회적 가치를 재고하고 문화예술진흥에 관련된 행사를 하는 날이다. '문화기본법 제12조(문화행사) ① 국민의 문화 의식과 이해를 높이고 문화 활동에의 적극적인 참여를 유도하기 위하여 매년 10월을 문화의 달로 하고, 매년 10월 셋째 주 토요일을 문화의 날로 한다. ②제1항에 따른[문화의 달이나 문화의 날] 행사 외에 같은 법 '시행령 제8조(문화의 날 행사 등) ③문화체육관광부장관은 법 제12조 제2항에 따라 매달 마지막 수요일을 문화가 있는 날로 지정·운영할 수 있다'는 법도 제정되었다.

문화의 날이 있는 매년 10월은 '문화의 달'로 지정되어 정부 차원에서 각종 문화예술 진흥 관련 정책이나 행사가 펼쳐진다. 2014년에 매달 마지막 주 수요일이 '문화가 있는 날'로 지정된 이후로는 문화가 있는 날과 문화의 날이라는 개념이 혼재되어 사용되기도 한다. 두 기념일은 각기 다른 조항을 바탕으로 한 별개의 개념이다.

진도향토문화회관 정문으로 들어가면 소치(小痴) 허련(許鍊, 1809~1892), 의재(毅齋) 허백련(許百鍊, 1891.11.02.~1977.02.15.), 소전(素荃) 손재형(孫在馨, 1903~1981.06.15.), 남농(南農) 허건(許楗, 1907.06.12.~1987.11.05.), 장전(長田) 하남호(河南鎬)(1926.12.05.~2007.10.04.), 옥산(沃山) 김옥진(金玉振, 1927.07.28.~2017.02.03.), 백포(白浦) 곽남배(郭楠培, 1929.03.15.~2004.08.10.), 소지(小智) 서정재(徐楨在, 1931~2005), 박종기(朴鍾基, 1879~1947) 선생의 행적을 볼 수 있다. 박병천(朴秉千, 1933.10.10.~2007.11.20.) 선생의 상은 찾기 어려웠다.

추사(秋史) 김정희(金正喜, 1786~1856)의 제자이며 조선 말 남종화 (문인화)의 대가였던, 소치 허련 선생이 37년 동안이나 살았던 곳이 진도 운림산방(雲林山房, 국가명승 제80호)이다. 1856년 스승인 추사 김정희 선생이 세상을 떠나자 소치는 진도로 돌아와 의신면 사천리 운림산방에서 여생을 보내며 진도 문화의 탑을 쌓았다. 운림산방의 소치기념관은 아들 미산(米山) 허형(許瀅, 1862.08.16.~1938.02.19.)부터 5세손까지 대를 이어 화가가 배출된 곳으로도 유명하다.

임회면 삼막리에 가면 장전미술관이 있다. 명필 소전 손재형 선생의 제자인 서예가 장전 하남호 선생이 평생 수집한 작품들을 모아 고향마을에 만든 미술관이다.

유·무형문화재를 살펴보면, 진도의 2022년 8월 1일 현재 국가지정 유형문화재는 12종(보물 2, 사적 2, 명승 2, 천연기념물 6)이며, 도지정 문화재는 15종(유형문화재 5, 기념물 5, 문화재 자료 5)이다.

국가무형문화재는 5종(강강술래, 남도들노래, 진도씻김굿, 진도다시래기, 아리랑)이다. 도지정은 7종(진도북놀이, 진도만가, 진도홍주, 남도잡가, 진도소포걸굿농악, 진도닻배놀이, 진도아리랑)이다.

강강술래[(국가무형문화재 제8호, 1966.02.15.), 유네스코 인류무형문화유산 2009년]와, 아리랑[(국가무형문화재 129호, 2015.09.22.), 2011년], 농악[(도지정 39호, 2006.12.27.), 2014년] 3종은 유네스코 인류무형문화유산에 등재되었다. 특별한 유·무형유산을 보존한 고장이 진도다. 빼어난 풍광만큼 아름다운 고장이요, 문화·예술의 보고(寶庫)다.

진도는 제주도, 거제도에 이어 우리나라에서 세 번째로 큰 섬이며, 삼보삼락(三寶三樂)의 고장이다. 진돗개, 진도 구기자, 진도 미역이 진도의 3가지 보물[삼보(三寶)]이다. 진도아리랑, 진도 홍주, 서화가 세 가지 즐거움[삼락(三樂)]이다. 특히 진도 홍주는 1천 100여년 전 고려시대부터 전해 내려왔다고 전해지며 일명 '지초주(芝草酒)'라고도 하고 홍색을 띤 알코올 함량 40% 증류주로 맛도 색도 명품이다.

문화유산을 효과적으로 전승 보존하기 위해 전술한 인물 이외에도 훌륭한 인물을 찾아 선별하여 그분 이름의 달로 정하여 기리어 본받게 하면 어떨까? 월별로 가칭 1월은 소치의 달, 2월은 소전의 달로 하고 유·무형문화재도 10월이나 어느 특정 달의 날짜에 관광 등을 선별·고려하여, 1일은 홍주의 날, 2일은 구기자의 날 등으로 정하여 홍보하고 그에 관한 일을 추진하면 어떨까?

명량대첩 축제가 시작된다. 이런 큰 행사를 추진할 때는 큰 주제를 내걸고 시행하면 어떨까? 발전하고 변화하려면 주제가 필요하다. 주제는 행사 후 반성과 재구상을 하는 방향타(方向舵)가 된다. 진도의 정신(精神)은 한 마디로 『예(藝)』라고 생각한다. 시(詩)·서(書)·화(畫)·창(唱), 유·무형문화재가 모두 문화유산으로 『예(藝)』의 산물이다.

진도는 문화·예술이 으뜸이다. '구슬이 서 말이라도 꿰어야 보배다'는 속담이 있다. 구슬이 많아 봐야 실에 꿰지 않으면 쓸모가 없다. 아무리 좋은 것이라도 쓰기 좋게 다듬어 놓지 않으면 소용없고 빛도 바랜다. 문화·예술의 본이 된 인간문화재나 진도의 큰 인물을 큰 바위 얼굴로 삼고 법고창신(法古創新) 하는 생활을 이어가자. 닦아야 보배도 빛이 난다. 끊임없이 노력하지 않으면 의미가 퇴색된다. 문화창달 활동으로 문화도시를 뛰어넘어 예도(藝都: 문화·예술 수도) 진도를 가꾸어가자.

2024. 10. 14.

문화예술의 중심은 군민이다

군민을 으뜸으로 여기고 중심으로 삼아 군격(郡格)을 높이자

진도군(군수 김희수)은 10월 30일 정부서울청사에서 개최된 제16회 '다산목민대상'에서 본상(행정안전부장관)을 수상하였다. 부상으로는 특별교부세 7,500만 원과 상금 1,000만 원을 받았다. 진도군이 지방행정분야 최고의 영예 '다산목민대상'을 받은 것은 이번이 처음이다.

2009년부터 시작된 '다산목민대상'은 행정안전부가 주최하고 내일신문과 NH농협이 후원하며, 다산 정약용의 목민 정신을 현대 행정에 구현하는 지방자치단체에 수여하는 상이다. 한 해에 전국에서 단 세 곳만 선정되는 명예로운 상이다. 진도군은 1차 서류심사와 2차 현지확인, 3차 발표평가를 거쳐 최종 선정의 영예를 안았다.

진도군은 투명하고 청렴한 행정을 실현하기 위해 다양한 정책을 펼친 점이 높이 평가받았다. 2022년에는 4등급이었던 국민권익위원회의 청렴도 평가 결과가 2023년에는 2등급으로 대폭 상승하는 성과로

이어졌다.

　군민과의 약속인 민선 8기 공약사항을 철저히 이행하기 위해 군민으로 구성된 공약 이행 평가단을 운영하였으며, 공약사항 추진율은 87%를 달성하는 성과를 달성했다. 현장 중심의 소통 행정을 위해 공공 앱을 개발하여 시공간의 제약 없이 행정정보를 편리하게 확인하고 활용할 수 있도록 하여 군민 편익을 증진한 점은 높은 평가를 받았다.

　아울러, 군수와 직원 간 소통의 장을 마련하여 조직문화의 쇄신과 발전 방향에 관한 토론을 통해 건전하고 효율적인 조직문화를 만들기 위해 노력하여, 민원서비스 종합평가에서 '가' 등급을 달성해 '최우수 기관'으로 선정, 전라남도 적극 행정 경진대회 3관왕, 행정안전부 정부혁신 최우수상 수상 등 대외 평가에서 탁월한 성과로 이어졌다.

　특히, 2023년에는 창군 이래 최대 규모인 70건의 공모사업 선정으로 1,358억 원의 공모사업비를 확보해 새로운 도약을 위한 성장동력을 확보한 점이 높이 평가받았다. 또한, 지역 특산물을 활용해 맥도날드와 '진도 대파버거'를 출시하고, 지역민이 주도하는 '보배섬 유채꽃 마을 축제'를 개최해 지역 문화 홍보는 물론, 지역경제를 활성화한 점도 이번 수상의 배경이 되었다.

　김희수 진도군수는 이번 수상에 대해 "다산목민대상 수상은 우리 군민들과 모든 공직자의 노력으로 이루어진 결과다"라고 밝혔다.

　한편, 제16회 '다산목민대상'은 부산 수영구가 대통령상을 받았고, 진도군과 고양시가 행정안전부 장관상을 받았다. 전라남도 지자체 중

'다산목민대상'을 받은 지자체는 함평군, 순천시, 장흥군, 해남군에 이어 진도군이 다섯 번째이다.

진도군은 겹경사로 호남지방통계청이 주관하는 '2024년 지역 통계 우수 지자체' 심사에서 우수 지자체로 선정되어 11월 14일, 호남지방통계청 주최 '호남권 지역 통계 발전 토론회'에서 우수사례 기관 발표와 함께 수상이 진행될 예정이라고 한다.

진도군 관계자는 "앞으로 지역 통계가 단순한 수치를 넘어 지역사회의 특성과 군민들의 요구에 더욱 밀접하게 대응할 수 있는 정책을 개발하는 데 중요한 역할을 할 수 있도록 힘쓰겠다"고 말했다.

진도군에서는 언제나 담당관들이 군정을 행사할 때 온 힘으로 노력하는 모습이 돋보인다. 10월 문화의 달 행사를 예를 들어도, 밤낮으로 애쓰는 모습에 박수를 보낸다. 그렇지만 달리는 말에 채찍을 드는 마음으로 행사를 추진할 때 빠뜨리기 쉬운 몇 가지 고언을 드리고자 한다.

1. 문화행사나 어떤 군정 행사를 할 때는 목표가 있어야 한다. 작은 행사를 할 때라도 주제를 내걸고 추진하면 어떨까? 소주제라도 내걸어야 군정 행사가 끝났을 때 반성하는 주안점이 된다.

2. 행사를 계획하고 실천한 다음에 그 행사에서의 장단점을 살펴보는 반성회를 가져야 한다. 행사 계획은 유관 단체의 도움을 받는 일이라면 계획 단계부터 머리를 맞대고 수립하고 추진도 빈틈없게 함께 해야 한다. 장점은 발전시키고 단점은 보완하여 완성도가 높게 나

올 수 있도록 재구상하는 반성회가 되도록 해야 조직도 살고 진도군
도 발전한다. 또한 어떤 행사를 보고 관중이나 평가단이 관람기나 평
가단의 평가를 받는 것도 생각해 볼 필요가 있다. 완벽한 사람이 없듯
이 완벽한 행사의 결과도 없다. 사람이나 어떤 일도 부족함에서 발전
한다.

3. 어떤 행사를 할 때는 계획→실행→평가→반성 및 재구상의 과
정을 거치고 그 일에 전문적인 소양을 갖춘 전문가와 함께 협의하고
공유하여 피드백(feedback)하고 실천하는 일은 사업 성과를 올리는
비책이 될 수 있다.

4. 행정가는 쓴소리를 귀담아듣고 자기 것으로 담아 적절하게 대응
해야 성공한다.

5. 군정의 목표나 행사의 목표는 항상 사람이 중심에 서게 해야 한
다. 우리 군에는 유·무형문화재가 많다. 그렇지만 어떤 문화재보다 인
간문화재가 돋보여야 한다. 문화재의 중심은 인간문화재가 중심이 되
도록 해야 법고창신[法古創新:옛것을 본받아 새로운 것을 창조(創造)
한다]하여 문예창달(文藝暢達:문화를 거침없이 쑥쑥 뻗어나가게 하
다)의 동력이 된다. 향토문화회관 입구에는 인간문화재를 중심으로
비(碑)로 새겨 후학의 본으로 삼고 있는데, 지향해야 할 점으로 훌륭
한 인물들의 공간은 더 넓혀가야 한다.

진도군은 어느 분이나 모두 귀한 분들이다. 이분들의 삶이 재조명
되고 귀한 분들의 업적을 돋보이게 해야 사회도 발전하고 문화도 발전
한다. 문화의 중심에 사람이 빠지면 실속 없는 구두선으로 그치게 된

다. 문화재는 인간문화재를 으뜸으로 여겨야 하고, 행정의 중심은 군민이 되도록 정책과 비전으로 삼아가야 살기 좋은 고장이 되고, 성장동력이 되어 문화예술도 발전한다. 문화예술 분야와 관련 산업은 이제 국가경쟁력의 중요한 기반이 되고 있다. 문화예술 사업의 질을 높여 삶의 질이 향상되도록 하자.

군정의 성패는 군격(郡格)으로 결정되고 군민의 삶의 질도 바꾸어진다. 진도군의 행정가들이 이런 점을 익히 알고 실행하고 있겠지만 돌다리를 두드리는 마음으로 간언한다.

2024. 11. 03.

노인과 어른

베푸는 삶

"밀(명절)은 밀은 돌아오는데 우리 부모 어짜꺼나(어떻게 할까)?" 어릴 때 할머니에게 들은 옛날이야기 중 한 대사다. '까치 까치 설날은 어저께고요' 이 가사는 윤극영(尹克榮, 1903~1988) 선생의 「설날」 노래이다. 고유 명절 설날은 4일간 연휴라 여느 때보다 민족대이동이 시작되리라 예견된다.

헤어진 가족을 만나기 위해 명절 전부터 모두가 마음이 들떠 있다. 부모를 만나기 위해, 자식을 보기 위해 마음 씀이 평소와 다르다. 혈육의 정이 유달리 일깨워지는 기간이다.

65세 이상 인구가 총인구를 차지하는 비율이 7% 이상을 고령화사회(AgingSociety), 14% 이상을 고령사회(AgedSociety), 20% 이상을 후기고령사회(post-agedsociety) 혹은 초고령사회라고 한다.

2023년 9월 26일 통계청이 발표한 '2023 고령자 통계'에 따르면 65세 이상 고령인구는 전체 인구의 18.4%인 950만 명으로 집계됐다. 2022년 901만 8,000명보다 50만 명 늘어난 수치다.

한국은 2025년엔 고령인구 비중이 20.6%를 기록하며 초고령 사회에 진입할 전망이다. 국민 5명 중 1명이 65세 이상 고령인구이다. 특히 전체 인구 대비 고령인구 비중은 2035년(30.1%), 2040년(34.4%), 2050년(40.1%), 2070년(46.4%) 등으로 늘어난다. 약 50년 뒤면 국민 절반이 고령인구인 셈이다.

행정안전부가 2024년 1월 10일에 발표한 '2023년 말 기준 주민등록 인구 통계'에 따르면 70대 이상 인구가 631만 9,402명으로 20대 인구 619만 7,486명보다 많았다. 70대 이상 인구가 20대보다 121,916명이 많아졌다.

진도군은 이미 초고령화 사회로 진입해, 2023년 12월 현재 65세 이상 인구가 진도 전체 인구(2만 8,979명)의 36.9%(10,679명)를 차지하고 그 중 독거노인은 약 4,500명으로 노인 인구의 42.1%를 차지하고 있다. 노인 수의 증가는 사회적인 문제로 대두되고 있다. 심리학에서는 늙음에 대한 두려움을 노화 불안(aging anxiety)이라고 한다. 늙음은 소중하게 여기는 삶의 가치들과 이별하는 것을 의미한다. 대한민국의 60세 이상 노인 우울증 발병률과 자살률은 OECD 국가 중 1위이다.

노인과 어른에 대해 생각해보자. 그저 나이만 먹고 남에게 대접만

받으며 고집불통으로 병약하게 산다면 '노인'이다. 연륜이 쌓였어도 긍정적인 생각으로 베풀기를 즐기는 사람은 '어른'이다.

'어른'은 '얼운'이 변한 것인데, '얼운'은 '얼우다'라는 동사 어간 '얼우-'에 어미 '-ㄴ'이 결합된 것이다. 그러니까 '얼운'은 '얼우는 행위를 한(사람)'이라는 뜻이다. '얼우다'는 남녀가 짝을 이루는 행위를 뜻한다. 즉 남녀가 결혼하면 서로 몸을 합하게 되고, 그 결과로 자식이 태어나는 것인데, 한국인 조상들은 거기에 큰 의미를 부여하여 '얼운 사람'과 '그러지 않은 사람'을 구분한 것으로 볼 수 있다. 결혼한 사람만 상투를 틀게 했다는 것도 같은 맥락이다.

어느 지역에 노인이 많으면 병약해지지만, 어른이 많으면 윤택해진다. 시간이 흐를수록 부패해지는 음식이 있는가 하면, 날짜가 지날수록 발효하는 음식이 있다. 사람도 나이가 들수록 노인이 되는 사람이 있는가 하면, 어른이 되는 사람도 있다. 노인은 나이를 날려 버린 사람이고, 어른은 나이를 먹을수록 성숙(成熟)해지는 사람이다.

노인은 더 배우려 하지 않지만, 어른은 나이 어린 사람에게도 배우려 한다. 노인은 자꾸 채우려 욕심부리지만, 어른은 비우고 나누고 베푼다. 노인은 자기 자신만 알지만, 어른은 이웃을 배려하며 살아간다. 노인은 나를 밟으면 가만두지 않겠다고 하지만, 어른은 나를 밟고 올라서라 한다. 노인은 늙은 사람을 말하지만, 어른은 존경받는 사람이다.

노인은 몸과 마음, 세월에 체념하는 사람이고 어른은 자신을 가꾸고 스스로 노력하는 사람이다. 노인은 자기 생각과 고집을 버리지 못하는 사람이고, 어른은 상대에게 이해와 아량을 베풀 줄 아는 사람이다. 노인은 다른 사람과 자신을 비교하지만, 어른은 자신의 아름다움을 찾고, 자신을 가꿀 줄 아는 사람이다. 노인은 상대에게 간섭하고, 잘난 체하며, 지배하려고 하는 사람이고, 어른은 스스로 절제할 줄 알고, 알아도 모른 체 겸손하며, 느긋하게 생활한다. 어른은 좋은 덕담(德談)을 해주고, 긍정적으로 이해해 주는 사람이다.

황혼에도 열정적인 사랑을 나누었던 독일의 작가요, 철학자인 괴테(Goethe, 1749~1832)는 '노인의 삶은 상실의 삶이다'라고 하였다. 사람은 늙어가면서 '건강, 돈, 일, 친구, 꿈'을 잃는다. 누구나 맞이하게 될 노년이 되어가면서, 괴테의 말을 음미하고 준비하자. 노인이 되지 말고, 성숙한 어른이 되도록 노력하자. 어른이 바로 서야 나라가 산다.

설날 가족이나 가까운 친지가 모이면 말을 많이 하지 말자. 하더라도 생각을 깊이 한 다음 칭찬, 격려, 배려, 꿈을 가꿔가는 긍정적인 덕담을 준비하고 나누자. 학자에게는 학력이 있고, 기술자에게는 기술력이 있다. 기업가에게는 금력이 있고, 정치인에게는 권력이 있다. 어른에게는 삶을 달관(達觀)한 숙성(熟成)된 용서와 지혜와 사랑이 있다.

희망찬 아침 해가 찬연히 솟아오른다. 이번 설날부터는 긍정적인 생각을 갖고 아낌없이 베풀어 존경받는 어른으로 거듭나 보자.

2024. 02. 02.

인사(人事)가 만사(萬事)다

적재적소(適材適所) 신상필벌(信賞必罰)

진도군이 이번 7월 1일 자로 정기인사를 하게 되는데 주요 보직 인사자가 창군 이래 최대 규모라고 한다. 주요 보직을 바라는 공무원들은 들뜬 기분일 것이다.

인사가 만사라는 말이 있다. 인사만사(人事萬事)란 뜻은 '사람의 일이 곧 모든 일이라는 뜻으로, 알맞은 인재를 알맞은 자리에 배치해야 모든 일이 잘 풀림'을 뜻한다. 인재를 잘 뽑아서 적재적소에 쓰는 것이 모든 일을 잘 풀리게 하고 순리대로 돌아가게 한다는 말이다.

조선조 실학자 순암(順菴) 안정복(安鼎福, 1712~1791)은 고을을 다스리는 수령이 멀리해야 할 세 가지 타입의 관리로 세리(勢吏), 능리(能吏), 탐리(貪吏)를 들었다. 권세를 믿고 멋대로 조종해서 자기 명리(名利)만 좇는 자인 세리, 윗사람을 능숙하게 섬겨 총애를 잡고 재주를 부려 명예를 일삼는 자인 능리, 백 가지 계교로 교묘히 사리(私

利)를 구하고 자기 몸만 살찌게 하는 자인 탐리를 경계한 것이다.

선출직은 표를 먹고 산다고 회자한다. 단체장들이 가장 큰 고민이 인사일 것이다. 누구나 인정하는 '인사 만사'는 한국 정치에서도 이미 해묵은 말이다. 단체장들은 주변을 잘 정리해야 무탈하게 임기를 마칠 수 있다. 인사는 아무리 잘해도 객관적인 평가는 나중에 나온다. 그러나 때늦은 후회다.

인사 후유증을 최소화하려면, 인사원칙에 입각하여 적재적소(適材適所), 신상필벌(信賞必罰), 나이 등 여러 요인을 폭넓게 활용하여 자기 사람 챙기기가 아니고 공정한 인사라는 여론이 돌도록 해야 한다. 내 사람, 네 사람 따지면 실패한 인사다. 그게 바로 망사(亡事)다. '천하를 다스리는 일은 군자가 여럿 모여도 모자라지만, 망치는 일은 소인 하나면 족하다'라는 말이 있다. 조직 내부에서도 '인사는 만사다' 라고는 하지만 상대성이 있고 무엇보다 치열한 경쟁 관계가 있다 보니 아무리 적재적소에 배치해도 승복하지 않는다.

현실은 능력보다는 학연, 지연, 혈연 위주로 인사를 하는 경우가 더 많아서다. 알맞은 인재를 알맞은 자리에 쓸 때 잡음도 줄일 수 있다. 인사권자의 고민이 깊어진 이유가 여기에 있다. 공정한 인사추천위원회와 같은 과정을 도입하여 지도자들과 공직자들이 청렴하게 곳곳에서 일하는 사회가 되길 기대한다. 인사권자가 공정한 원칙과 재능에 따라 적재적소에서 신바람 나게 일하도록 하는 일이 지도력이다. 그런데 이러한 인사가 원칙을 무시하고 혈연, 지연, 학연에 얽매여서 공신

(功臣)들에게 선심성 인사를 하게 되면 당연히 원칙이 무너진다.

같은 여건에서 같은 물적·인적 재원을 투입해도 누가 맡느냐에 따라 그 결과가 달라지는 사례가 많다. '인사가 만사'로 진도군의 경쟁력을 드높이며, '활기차고 청렴하게 일 잘하는 진도군'을 구현하기 위해서는 반드시 '적재·적소·적시' 인사가 실현되어야 한다.

사마천(司馬遷, BC145?~BC86?)의 『사기(史記)』를 보면 2000여 년 전 유방과 항우가 천하를 놓고 쟁패를 벌였는데, 명문 출신으로 조건이 훨씬 유리했던 항우가 유방에게 몰락한 것은 결국 용인술(用人術)에서 판가름 났다. 사람을 쓰는 용인술에 따라 모든 일의 성패가 달려 있다는 이 명언은 자고로 인사의 금과옥조로 여겨진다.

능력이 아무리 뛰어나다 하더라도 바탕이 그른 인간이라면 발탁해서는 안 된다. 옥석을 가려 그것을 선택하는 권한은 임명권자에게 있고 그 책임 또한 임명권자가 져야 함은 두말할 필요가 없다. 이번 인사에서는 바른 사람을 찾으려 노력하여 군민들이 고개를 끄덕이는 그런 사람이 발탁되어야 「문화예술 수도(예도(藝都) 진도」로 손색이 없다.

'인사가 만사'라는 금언은 명심해야 할 군정의 요체(要諦)다. 행정의 성공 여부는 '널리 인재를 구하여' 적재적소에 배치하는데 달려 있다. 정실인사(情實人事)는 실정(失政)의 원천이다. 칭송받는 군수의 성공은 용인(用人)에 달려 있으며, 용인의 기본은 개방이다. 군정과 인사에 성공하려면 언제나 열린 마음(open mind)으로 군민의 가슴을 파고들고, 널리 인재를 발탁해 적재적소에 배치해야 한다.

공정하고 객관적인 인사가 이루어질 때 군민을 위한 행정과 창의적이고 경쟁력을 갖춘 진도군으로 거듭날 수 있을 것이다. 또한 김희수 군수는 군의 모든 공무원이 내 사람이고 내 가족이라는 생각으로, 그들을 어떤 부서에서 어떠한 일을 수행케 해야 능동적이고 활기찬 진도군으로 만들 수 있을지 고민하고 숙고해서 인사를 단행해야 할 것이다.

가장 효율적이고 높은 성과를 위해 인사권자의 주관적인 것이 아닌 원칙적이고 객관적인 인사가 이루어질 때, 공무원들의 자조 섞인 불만은 사라질 것이다. 군민을 위해 일하고 군정의 성과를 가져오는 부서에서의 승진과 인사 발탁 비율이 높아질 때 진정한 소통과 창의적인 행정발전으로 그 기대치는 고스란히 진도군의 발전으로 이어진다.

모든 일은 사람이 하고 성패는 사람의 손에 달려 있다. 적재적소(適材適所) 신상필벌(信賞必罰)의 배치가 인사의 기본원칙이다. 이번에 있을 인사와 조직개편에 김희수 군수의 '인사가 만사다'라는 말이 이루어져 군민을 위한 군정과 경쟁력 있는 으뜸 군으로 거듭나길 기대한다.

2024. 06. 20.

'다르다'와 '틀리다'

'다름'에 대한 존중

산야가 푸르러지고 온갖 꽃들이 기지개를 켜며, 산새들은 때를 만난 듯 날갯짓이 분주하다. 봄이 오면 산에 들에 진달래가 피는데 이 아름다운 봄에도 우리 사회를 바라보면 분노로 가득하다. 갑질이 판치고 흉악범죄가 기승을 부린다. 상대방이 자신보다 앞서 있다고 생각되면 무턱대고 공격한다. 날을 세우며 상대를 깎아내린다. 이런 현상은 곳곳에 팽배해 있다. 더구나 정치는 양극화가 더 극심하다. 자신과 생각이 다르면 분노로 대응한다.

사회 곳곳에 분노와 배척이 만연해져 간다. 특정인에 대한 분노만이 아니라 불특정 다수를 향한 흉기 난동 범죄가 빈번하다. 맑은 심성을 가진 민족이 어쩌다 이렇게 분노의 씨를 뿌리게 되었을까?

자신이 옳다고 생각하는 것만 본다. 듣고 싶은 것만 듣는다. 생각이 같지 않으면 '다를 수도 있다'가 아니라 '틀렸다'고 거부한다. 나와 다르면 고개를 돌리고 조롱한다. 작은 것부터 공감하는 마음을 가져야 한다. 다르지만 함께할 수 있는 여유가 필요하다. '다르다'에 대해 너무 냉담하다. '다름'을 인정하는 여유를 가져보자. 나와 다를 수 있다는 생각을 인정할 때 우리 사회가 더욱 안전하고 평화로운 터전이 된다.

'다르다'와 '틀리다'의 사전적 의미를 찾아보면, '다르다'는 형용사로 '1. 비교가 되는 두 대상이 서로 같지 아니하다. 2. 보통의 것보다 두드러진 데가 있다'이다. '틀리다'는 동사로 '1. 셈이나 사실 따위가 그르게 되거나 어긋나다. 답이 틀리다. 2. 바라거나 하려는 일이 순조롭게 되지 못하다'이다. '다르다'의 반대말은 '같다'이다. '틀리다'의 반대말은 '맞다'이다.

어느 곳이나 여러 가지 갈등이 존재한다. 이념, 지역, 계층, 세대, 종교 등 다양한 이유로 우리는 고민한다. 드러나는 갈등의 원인을 보면 많은 부분이 생각의 차이에서 일어난다. 어느 곳에서나 생각의 차이는 있다. 그러나 이 생각의 차이를 '다름'이 아니라 '틀림'으로 받아들인다.

우리에게 고쳐지지 않는 언어습관이 있다. 우리는 수시로 '다르다'라는 단어와 '틀리다'라는 단어를 잘못 사용하고 있다. '내 생각은 틀린데'처럼 '다르다'는 단어를 '틀리다'로 잘못 사용한다. '다르다'는 것은 차이를 인정하고 다양성을 존중할 수 있다. 다르기에 논의할 수 있다. 공존이 가능한 영역이다. 반면에 '틀리다'는 것은 정오(正誤:옳음과 그름)나 정사(正邪:바른 일과 사악한 일)의 문제로 직면하게 된다. 틀리기 때문에 논쟁해야 하고 싸워야 하고 어느 한쪽은 지거나 배제

되어야 한다.

정치, 사회적 갈등은 대화, 협의, 양보, 타협의 민주주의의 기본 원리가 부합되지 않을 정도로 분열되었다. 이해관계에 따라 다양한 생각들이 상충하여 다양한 갈등으로 이어진다. 갈등이 반드시 나쁜 것은 아니다. 갈등은 사회적인 목표를 명확하게 하고, 이를 통해 새로운 대안과 창의적인 생각들을 찾아낼 수 있다. 갈등을 선순환시키기 위해서는 서로의 차이를 인정하고 공감하며 존중하는 풍토가 조성되어야 한다.

서로의 '다름'을 인정하거나 존중하지 않으면 다툼으로 이어진다. '내 생각은 너와 다르다'며 자신 있게 말하고 '너의 좋은 생각도 존중한다'라는 말이 화두가 되기를 기대한다. 우리 사회가 서로 '다름'을 인정하고 보장하며 다양과 포용의 문화가 따뜻하게 뿌리내리길 바란다.

이 세상의 모든 생물은 소중한 존재다. 그중에서도 청소년들은 다음 세대를 이어갈 귀한 인재들이다. 우리 사회에 만연한 혐오 문화가 어린 학생들에게까지 무분별하게 노출되고 있어 안타깝다. '서로 틀린 것이 아니고 다름'을 인정하는 성숙한 시민사회가 요구된다. 그러기 위해선 학교와 가정 교육이 우선해야 한다. '다르다'는 것을 자연스럽게 확산시키고, 사회적 약자에 대한 인식 변화와 공감대 형성을 위해 노력해야 할 것이다. 격려하는 말과 서로 배려하고 존중하는 표현으로 건강한 토의 문화를 정착시켜 가야 한다.

갈등을 중화할 수 있는 것은 '化(될 화, 모양이 바뀌다. 고쳐지다)'의 태도라고 생각한다. 의견을 듣고, 깊이 생각하고, 다름을 인정할 줄 알아야 한다. 나트륨(Na)과 염소(Cl)를 합하면 나트륨과 염소의 성질은 없어지고 전혀 다른 화합물인 소금(NaCl)이 만들어진다. 이처럼 서로 다른 생각이 만나 통합된다면 삶의 질은 더 윤택해질 수 있다.

견지망월(見指忘月)은 "손가락으로 달을 가리키면 달은 안 보고 손가락만 본다"라는 말이다. 근본을 잊어버리고 피상적인 수단에 집착한다는 말이다. "如人以手 指月示人 彼人因指 當應看月 若復觀指 以爲月體(여인이수 지월시인 피인인지 당응간월 약부관지 이위월체). 어떤 사람이 손가락으로 달을 가리켜 저 사람에게 보이거든, 저 사람이 손가락으로 인하여 달을 보아야 할 것이거늘 만약 손가락을 보고 달이라 한다면, 此人豈唯 亡失月輪 亦亡其指(차인기유 망실월륜 역망기지). 그 사람이 어찌 달만 잃은 것이리요. 손가락까지 잃은 것이다" 손가락인 줄만 알면 그걸 보고 달이라고 할 이유가 없는데, 손가락을 보고 달이라고 하니까 그 사람은 달도 모르고 손가락도 모른다는 얘기다. 불교경전 『능엄경(楞嚴經)』에서 유래하는데, 부처가 제자인 아난(ānanda, 阿難)에게 해준 말이다.

서로 '틀림'이 아닌 '다름'을 공감하는 마음의 눈으로, 배려하며 그 본질을 바로 보자. 그러면 산도 물도 바르게 보인다.

2024. 03. 24.

봄나들이는 진도로

「예도(藝都 : 민속문화예술 수도)」 진도에서 꿈을 다지자

매화가 만발하니 살구꽃이 샘내어 피고 이에 질세라 목련이 자태를 자랑하고, 앵두꽃은 정원에서 환하게 웃음 짓는다. 진도의 온산과 들에서 벚꽃이 만발하고 꽃 무리 연회가 열렸다. 겨우내 움츠렸던 민들레도 뽀얗게 기지개를 켜고, 들꽃은 봄바람에 한들거리며 고개를 내민다.

코로나19로 움츠렸던 시기를 지나니 봄바람 타고 어딘가로 가고픈 마음이 솟구친다. 이런 좋은 시기에 갈 곳을 찾는 분들에게 「예도(藝都) : 민속문화예술 수도」인 진도 나들이를 권장한다.

진도 10선을 소개하면 운림산방(국가지정명승 제80호), 신비의 바닷길(국가지정명승 제9호), 진도대교, 진도타워, 세방낙조, 토요민속공연(상설공연), 진도개테마파크, 용장성(국가지정 사적 제126호), 이

충무공전첩비(향토문화유산 유형유산 제5호), 남도진성(국가지정 사적 제127호), 진도아리랑마을 관광지(2015년 중요무형문화재 129호), 쌍계사 대웅전 법당(전라남도 유형문화재 제121호)을 들 수 있다.

산을 좋아한다면 그리 높지도 않고 아기자기한 풍류의 멋을 느낄 수 있는 첨찰산, 금골산, 급치산, 돈대산, 동석산, 여귀산, 접도 웰빙투어, 진도 미르길, 신금산 등이 등산객을 손짓한다.

섬과 바다를 바라보며 호연지기를 꿈꾼다면 가계해변, 가사도, 관매도, 금갑해변, 세방낙조, 신비의 바닷길, 신전해변, 접도, 조도, 진도 시닉드라이브코스, 진도 관광유람선, 진도대교, 하조도 등대 등이 손꼽힌다.

특히 운림산방은 조선 시대 남화의 대가였던 소치 허련(許鍊, 1809~1892) 선생이 말년에 거처하며 여생을 보냈던 화실이다. 연못과 정원이 어우러져 조화를 이루며 소치기념관, 남도전통미술관 등이 있다. 소치 선생이 손수 심어서 가꾼 일지매, 백일홍, 자목련 등이 있으며, 그중 일지매는 해남 대흥사의 초의선사가 선물한 나무(현재 나무는 2대 나무를 뿌리 나누기로 기른 자목)로 알려져 있다. 5대째 화맥을 이어온 운림산방은 전통 남화의 성지이기도 하다.

코로나19로 인해 4년만에 개최되는 「제43회 진도신비의 바닷길 축제」는 2023. 4. 20.(목) ~ 4. 22.(토)까지 개최된다. 국가지정명승 9호로, 진도의 무형문화유산과 풍성한 볼거리, 즐길거리가 관광객의 마음을 즐겁고 풍성하게 해줄 것이다. 금년에 신비의 바닷길이 열리는 시간은 기상 상황에 따라 바닷길 열림 정도가 다소 달라질 수 있으나 4월 20일(목) 17:40, 4월 21일(금) 18:10, 4월 22일(토) 18:50경이라고 한다.

세계적으로 알려진 '한국판 모세의 기적'인 신비의 바닷길은 고군면 회동리와 의신면 모도(茅島) 사이 약 2.8km가 썰물 때 개펄이 드러나는 현상이다. 매년 음력 3월~5월에 극심한 조수 간만의 차로 해저의 사구가 30~40m 폭으로 1시간쯤 완전히 드러나는데, 이때를 '영등살'이라 한다. 매년 이 현상을 보기 위해 국내외 관광객이 물밀듯 몰려 기적의 순간을 만끽한다. 이런 일시적인 바다 갈라짐을 볼 수 있는 신비의 현장으로 그 규모와 크기가 세계적인 곳이라, 보고 체험하기 위해서 가장 많은 인파가 찾아드는 곳으로 이름났다.

진도군에서는 영등제 기간에는 국내외 관광객들을 맞아, 진도 고유의 민속문화예술인 강강술래, 씻김굿, 들노래, 다시래기 등 국가지정 중요무형문화재와 만가, 북놀이 등 전라남도 지정 무형문화재를 선보이고 다양한 이벤트로 볼거리를 제공하고 있다. 바닷물이 갈라지기 전에 축제가 펼쳐지는데, 축제는 영등제에서 가져온 것으로 바닷가 마을 대부분이 그렇듯 이곳도 해마다 바닷가 사람들의 안녕과 풍어를 기원한다.

현대판 '모세의 기적'으로 불리는 신비의 바닷길은 1975년 주한 프랑스대사 피에르 랑디 씨가 진돗개 연구를 위해 진도에 들렀다가 이 현상을 목격하고 귀국 후 프랑스 신문에 '한국판 모세의 기적'이라 소개하면서 널리 알려지게 되었다. 진도군은 이를 기념하기 위해 이곳

에 공원을 조성하고 「피에르 랑디 공원」이라고 명명(命名)하였다. 일본의 인기가수 덴도요시미(てんどうよしみ, Tendo Yoshimi, 1958~)가 신비의 바닷길을 주제로 1996년에 '진도이야기(珍島物語)'를 불러 히트를 쳐 일본 관광객도 많이 찾는다. 바닷길 입구엔 2000년 4월 뽕할머니 상을 제작해 설치했다.

뽕할머니에 대한 전설은 회동마을에서 시작된다. 회동마을은 오래전 호랑이가 많이 살던 마을이었다. 그래서 이름도 원래 호동(虎洞)이었다. 호랑이가 많아 마을 사람들은 호랑이의 습격을 견디다 못해 결국 마을을 버리고 바다 건너 모도로 피난을 떠나게 되었다. 느닷없이 마을을 빠져나가는 바람에 뽕할머니는 가족과 함께하지 못하고 홀로 마을에 남게 되었다. 혼자 외롭게 남겨진 뽕할머니는 매일 뿔치바위에서 가족을 만나게 해달라고 용왕님께 기도를 했다.

그러던 어느 날, 뽕할머니의 꿈에 용왕이 나타나 "내일 바다에 무지개를 내릴 테니, 바다를 건너 가족을 만나도록 하라"고 했다. 다음날 바닷가에 가보니 바다가 갈라져 길이 드러났다. 이 현상을 해할(海割)이라고 한다. 그때 모도에 있던 마을 사람들도 할머니를 찾아 호동으로 떠날 채비를 하고 있던 터였다. 마을 사람들은 호랑이를 쫓기 위해 징과 꽹과리를 치면서 갈라진 바닷길을 건넜다.

그렇지만 마을 사람들이 호동에 도착했을 때, 뽕할머니는 여러 날을 먹지 못하고 기도하느라 기진맥진해 있는 상태였다. 결국 뽕할머니는 "내 기도로 바닷길이 열려 너희들을 만났으니 이젠 죽어도 여한이 없다"는 말을 남기고 숨을 거두었다. 할머니의 정성으로 바닷길이 열렸다는 것을 알게 된 마을 사람들은 죽은 할머니의 영이 해원(解冤 : 원통한 마음을 풂)하고 등천한 날이라고 해서 이날에 매년 제사를 지냈다. 그리고 마을 이름은 마을 사람들이 호동(虎洞)으로 다시 돌아왔다고 해서 회동(回洞)이라 부르게 되었다 한다.

「신비의 바닷길」을 일기와 관계없이 연중 체험할 수 있는 체험관은 고군면 회동 바닷길이 열리는 인근에 부지면적 3,940㎡에 지상 3층 규모로 조성되었고, 특산품 판매장과 형상체험관, 4D 체험관 등으로 구성되어 있다.

이후 전설처럼 누구든지 소망을 뽕할머니 상 앞에서 기원한다면 염력(念力)이 발동하여 꿈을 이룰 수 있는 기(氣)를 얻을 수 있다고 한다. 공부, 사업, 연애 등 인생 전반에 걸쳐 풀고자 하는 소망이 있다면, 뽕할머니 상이 아니더라도 진도의 어느 곳에서든지 간절한 마음으로 빌어보자. 진도는 어디나 서기(瑞氣)를 품고 있는 곳이라서 청신(淸新)한 기운을 받은 후 소원을 빌고, 자신의 길에 몰두하면 반드시 꿈을 이룰 수 있다.

진도는 제주도, 거제도에 이어 세 번째로 큰 섬이다. 2022년 8월 1일 현재 유네스코 인류무형문화유산 3종[강강술래(2009), 아리랑(2011), 농악(2014)], 유형문화재 27종(국가 12, 도 15), 무형문화재 12종(국가 5, 도 7) 보유자 15명(국가 6, 도 9)이다. 향토문화유산은 36종(유형 23, 무형 13)이다. 인구는 3만 명 미만의 군이지만 산세가 수려하고, 민속문화예술의 군학(群鶴)이 많은 무쌍(無雙)한 곳이다. 어찌 진도를 예도(藝都)라 칭해야 하지 않겠는가.

진도의 산들은 높지도 험하지도 않고, 들에도 넘실대는 풍류가 흐른다. 작은 돌맹이 하나 이름 모를 풀 한 포기도 귀한 가치를 지니고 있다.

더구나 김희수 진도군수는 아리따운 진도를 귀티나게 단장하고, 군민들의 정서 함양을 위해 사철 꽃피는 진도를 가꾸기 위해 온 힘을 기울인다. 가는 곳마다 365일 꽃 잔치요, 풍류마당이다.

꽃과 바람이 유혹하는 아름다운 봄날에 나들이 계획을 세워, 진도에서 꿈을 이루기 위한 다짐을 해보자. 진도의 맑고 깨끗한 기운은 바라는 소망을 이룰 수 있는 약속의 땅으로 거듭나게 할 것이다.

우리의 꿈을 위하여! 어서 가자 가! 희망의 땅 진도로! 얼쑤! 절쑤!

2023. 04. 13.

설날 아침

덕담(德談)으로 시작해보자

음력 2025년 새해가 밝아온다. 을사년은 푸른 뱀의 해다. 뱀은 치유의 상징이다. 그리스 신화 속 의술의 신 아스클레피오스(Asclepius)의 지팡이도 뱀이 감싸고 있다. 새해에는 불운이 치유되는 해였으면 한다.

2025년의 양력은 시작되었는데 음력으로는 1월 29일이 우리 고유 명절인 설날이다. 동지는 지났어도 아직도 밤은 길다. 「동짓달 기나긴 밤을」은 조선 시대의 기생 황진이(黃眞伊, 1506~1567)의 평시조 작품이다. 『청구영언(靑丘永言)』의 「이삭대엽(二數大葉)」에 실렸다. 황진이의 작품 중 가장 문학성이 뛰어난 것으로 평가받는다.

원문을 살펴보면 「동지(冬至)ㅅ둘 기나긴 밤을」 '冬至ㅅ둘 기나긴 밤을 한 허리를 버혀내여/ 춘풍(春風) 니불 아레 서리서리 너헛다가/ 어론 님 오신 날 밤이여든 구뷔구뷔 펴리라'이다.

현대어로 해석하면 「동짓달 기나긴 밤을」, '동짓달 기나긴 밤을 한 허리를 베어내어/ 봄바람 이불 아래 서리서리 넣었다가/ 사랑하는 님오신 밤이거든 굽이굽이 펴리라'

황진이는 화담(花潭) 서경덕(徐敬德, 1489~1546)을 연모하여 문하로 들어가 제자가 됐다. 벽계수(碧溪守, 1508~?), 양곡(陽谷) 소세양(蘇世讓, 1486~1562), 지족선사 등 당대 내로라하는 뭇 남성들을 품었어도 마음에 들지 않았다. 그러나 화담만큼은 인생의 스승이자 진정으로 흠모하는 사내로 여겼다. 그런 그가 없는 동짓달 긴 밤 동안 그를 그리며 한숨으로 지새우는 여인의 심경을 서정적으로 표현했다. 밤의 한가운데를 '허리'라고 상징한 뒤, 그것을 베어낸다고 한 것은 아마 황진이만이 표현할 수 있는 시상(詩想)일 것이다.

동짓달은 음력으로 11월을 이른다. 섣달은 음력으로 마지막 달인 12월을 일컫는 말이며 극월(極月), 납월(臘月)이라고도 한다. 섣달그믐에서 '섣'은 '설'을 가리킨다. 그믐은 '그믈다'에서 나온 말로 '저물다'라는 뜻이다. 그러기에 섣달그믐은 음력으로 한 해의 맨 끝 달인 12월 30일로 마지막 날을 가리킨다. 예부터 음력 '12월 30일의 그믐'을 섣달그믐이라고 하여 설날을 맞이하기 위한 세시풍속이 있었다. 섣달그믐이 의미가 있는 것은 한 해를 마무리한다는 의미가 강하기 때문이다. 한자로는 세모(歲暮)라고 한다. 요즘은 연말연시라는 말에 밀려 별로 사용하지 않는 것을 본다. 세모(歲暮)는 "한 해가 저물어 간다", 혹은 "한 해가 저물어 설을 바로 앞둔 때"를 말한다. 비슷한 말로는 '세밑(歲-)', '세말(歲末)' 등이 있다. 섣달그믐의 다른 말로는 제일(除日), 제야(除

夜), 제석(除夕), 연종(年終), 연모(年暮), 연말(年末) 등이 있다. 따라서 '동지섣달'이라고 하면 음력으로 11월인 동짓달과 12월인 섣달을 같이 부를 때의 표현이다. 양력으론 12월과 1월에 해당한다. 『동국세시기(東國歲時記)』를 보면, "동짓날을 아세(亞歲) 즉 작은 설이라 하고 적두죽(赤豆鬻)에 새알을 넣고 뿌린다"라는 기록이 나온다. 동지팥죽을 먹으면 한 살을 더 먹게 된다고 하는 말이 그런 생활의 흔적이다. 지금은 설이 음력 1월에 해당하지만 수천 년 전부터 지금에 이르는 동안 한해의 출발을 어느 달로 정했는지는 여러 번 바뀌었다.

설에 대한 최초의 기록은 7세기에 나온 중국의 역사서에서 볼 수 있다. 『수서(隋書)』와 『당서(唐書)』의 신라에 대한 기록도 설날의 면모를 잘 드러내고 있다. 또한 설 명절이 역법 체계에 따른다는 것을 감안하면 3세기에 나온 중국의 진수(陳壽, 233~297)가 쓴 역사서 『삼국지(三國志)』 「위서동이전(魏書東夷傳)」을 통해서도 추정해 볼 수 있다. 중세 한국어에서 설은 '살'로서 오늘날 나이를 뜻한다.

『한서(漢書)』 『예문지(藝文志)』에는 한(漢) 이전에 '고육력(古六曆)'이라 하여 전욱력(顓頊曆), 황제력(皇帝曆), 하력(夏曆), 은력(殷曆), 주력(周曆), 노력(魯曆) 등 여섯 가지의 역법(曆法)이 있었다고 기록되어 있다. 전욱력은 정월이 음력 10월이며 진시황 시대 쓰던 역법이고, 황제력은 음력 11월, 하력은 음력 1월→(한무제)→태초력이었고, 은력은 음력 12월, 주력은 음력 11월, 노력은 음력 11월이 오늘날의 정월이었다. 우리 조상은 동이족(東夷族)에 속하며 은력을 썼는데, 은력에서는 12월 1일을 설로 쳤다. 사람들은 이달을 설이 드는 달이라고 하여 '섣달'

이라고 부르게 되었다. 설ㅅ돌 → 섯돌 → 섣돌 → 섣달로 변형되었다. 이와같이 '설달'이 '섣달'로 된 것이다. 지금은 1월 1일로 설이 바뀌었지만 '섣달'이라는 말은 그대로 남았다. 1481년 간행한 『두시언해(杜詩諺解) 권 20』에서도 똑같이 '설날'이라 했다. 설날은 원일(元日), 원단(元旦), 원정(元正), 원신(元新), 구정(舊正) 등으로 불린다.

독일의 철학자이자 작가인 프레드릭 니체(Friedrich Wilhelm Nietzsche, 1844~1900)는 "비바람이 몰아치는 날에도 나무는 뿌리를 내린다"고 했다. 고난의 시기에 견디는 힘은 내일을 바라기 때문이다. 내일을 위한 준비를 꾸준히 하자. 특히 금년 설날부터는 남에게 상처를 주는 말이나 헐뜯는 말은 하지 말고 덕담(德談)으로 시작해 보자. 자신의 영달을 위해 남을 짓밟고 일어서려는 어리석은 말이 상대를 아프게 한다. 칼보다 무서운 것이 말이다. 덕은 나누는 것이고 베푼다는 의미도 있다. 덕이 있는 사람은 외롭지 않다. 덕담은 삶의 활력소다.

2025. 01. 20.

참고문헌

· 『동국세시기(東國歲時記)』
· 『역법의 원리분석』(이은성, 정음사, 1985)
· 『한국의 세시풍속』(장주근, 형설출판사, 1984)
· 향토문화전자대전
· [박대종의 어원(語源) 이야기] '설'의 어원과 역사

은력(殷曆)의 자취: '섣달(←설의 달)'
은력에선 음력1월이 아닌 12월이 새해 정월이었다

▼ 표준국어대사전 검색

섣-달[섣 : 딸]
「명사」
음력으로 한 해의 맨 끝 달. 십이월
【<섯돌<섯돌<구방> ← 설+-ㅅ+돌】

동지-섣달(冬至--)[---딸]
「명사」
「1」 동짓달과 섣달을 아울러 이르는 말.

납월(臘月)
「명사」
음력 섣달을 달리 이르는 말.

설의 달=섣달=납월=음력12월

두시언해 권10, 45장 앞면

[박대종의 어원(語源) 이야기] '설'의 어원과 역사

Ⅲ. 지혜로운 삶

송무백열(松茂栢悅)

등을 밀어주는 따뜻한 손

소나무가 무성하면 잣나무도 기쁘다. 사촌이 땅을 사야 나도 잘된다. '송무백열(松茂栢悅)'이란 말은 소나무가 무성하게 자라는 것을 보고 옆에 있는 측백나무가 기뻐한다는 뜻으로, 옆에 있는 벗이 잘되는 것을 기뻐한다는 말이다. '백(柏)'을 잣나무로 번역하기도 하는데, 원래는 측백나무를 가리키는 말이었다. 뒤에 잣나무와 혼동되면서 측백나무보다는 잣나무로 쓰는 경우가 많다. 벗이 잘되는 것을 기뻐하는 일이야말로 바람직한 인간관계의 시작이자 사람됨의 근본 도리이다. 특히 같이 생활하면서 공부하는 학생들이 가져야 할 핵심적인 가치관이다. 소나무와 잣나무는 상록교목으로 겨울이 되어도 푸른 빛을 잃지 않아 예로부터 선비의 꼿꼿한 지조와 기상의 상징이었다. 송백지조(松栢之操 : 송백의 푸른 빛처럼 변하지 않는 지조), 송백지무(松栢之茂 : 언제나 푸른 송백처럼 오래도록 영화를 누림) 등이 그 예이다. 항상 푸르면서도 서로 비슷하게 생겨 흔히 가까운 벗을 일컫는 용어로도 사용된다.

중국 춘추전국 시대 초(楚)나라의 백아(伯牙)는 거문고에 뛰어났다. 그는 종자기(鍾子期)와 깊은 교유를 가졌으나, 종자기가 죽자 백아는 지음(知音 : 마음이 서로 통하는 친한 벗)을 찾기 어렵다며 다시는 거문고를 타지 않았다.(中国春秋时楚国人, 擅长弹琴, 与钟子期交好, 钟子期离世之后, 伯牙知音难觅, 不再弹琴˚) 작품으로 「수선조(水仙操)」와 「고산유수(高山流水)」 등이 전하는데, 모두 후대 사람의 작품으로 알려져 있다. 후한 말기 백개(伯喈) 채옹(蔡邕, 132년~192년)이 쓴 『금조(琴操)』, 「수선조(水仙操)」에 그의 행적이 나온다. 이를 고사성어로 백아절현(伯牙絶絃)이라고 하는데, 이 말은 사람이 평생을 살아가면서 진정한 벗 한 명을 얻기가 그만큼 어렵다는 것을 뜻한다. 송무백열(松茂栢悅)과 같은 뜻의 사자성어로는 혜분난비(蕙焚蘭悲)가 있다.

진(晉)나라 육기(陸機)가 쓴 『탄서부(歎逝賦)』에 나오는 '신송무이백열(信松茂而栢悅), 차지분이혜탄(嗟芝焚而蕙歎)'은 '진실로 소나무가 무성해지면 잣나무가 기뻐하고 지초가 불에 타면 혜초가 한탄한다'는 뜻으로 여기서 '송무백열(松茂栢悅), 혜분난비(蕙焚蘭悲)와 지분혜탄(芝焚蕙歎)'이라는 말이 나왔다. 혜분난비(蕙焚蘭悲)는 지분혜탄(芝焚蕙歎)이라고도 하는데, 혜란(蕙蘭, 난초과의 풀)이 불에 타면 난초(蘭草)가 슬퍼한다는 뜻으로, 벗이나 주위 사람의 슬픔이나 불행을 같이 슬퍼하고 위로하니 슬픔과 불행 속에서도 행복을 찾을 수 있다는 말이다. 토사호비(兎死狐悲)는 토끼의 죽음을 여우가 슬퍼한다는 말로, 같은 무리의 불행을 슬퍼한다는 뜻으로 호사토비(狐死兎悲)와 호사토읍(狐死兎泣)도 같은 말이다.

  벗은 수보다 사귐의 깊이와 질이 중요하다. 진정한 친구가 단 한 명이라도 있다면 성공한 인생이다. 아리스토텔레스(Aristoteles Stagirites, BC384~BC322)는 "불행은 누가 친구가 아닌지를 보여준다"고 했다. 그 사람의 미래를 알고 싶으면 사귀는 벗을 보라고도 했다. 성공은 친구를 만들고 역경은 친구를 시험한다. 어려울 때 친구가 진짜다. 외롭고 힘든 인생길에서 따뜻하고 정겨운 우정보다 소중한 것은 없다. 한국은 친구(親舊), 영어는 (friend, companion) 중국은 펑유[붕우(朋友)], 일본은 도모다치[ともだち(우달)友達]를 쓴다. '기쁨을 나누면 두 배가 되고 슬픔을 나누면 절반이 된다'는 말이 있다. 마음이 넉넉하고 기쁨과 슬픔을 진정 나눌 수 있는 사람과 나누어야 격려와 칭찬이 더해져 기쁨은 배가되고, 동정과 위로가 힘이 되어 슬픔은 반감이 된다. 하지만 어떤 사람은 남의 기쁨에서 자신의 처지와 비교하여 질투를 느낀다. 슬픈 일은 앞에서는 위로해주지만 뒤돌아서서는 험담을 한다. 복잡한 사회구조로 마음이 황폐해져서 인간관계가 멀어진 탓일까?

  내게 친구가 없는 이유 중 하나는 내가 그의 친구가 되어주지 않았기 때문이다. 친구는 역시 어려울 때 힘이 되어주는 친구가 진짜다. 당신은 진정 친구가 힘들 때 우산을 펼치고 위로하며 같이 썼는가? 상부상조를 미덕으로 삼는 전통에 빛나는 우리 민족의 순박한 뿌리는 엷

어지고 불신의 부작용이 날로 팽배해지고 있다. 사촌이 논을 사고 이웃도 잘되어야 나도 잘된다는 것을 깊이 깨닫는 참다운 인성교육이 절실히 요구된다.

2017년 12월 10일, 미국 텍사스주 댈러스에서 열린 BMW 댈러스 마라톤 대회에서 명장면이 펼쳐졌다. 결승선을 183m 남겨둔 지점에서 1위로 달리던 27번 주자가 갑자기 다리가 풀려 주저앉으려 했으나, 다른 주자가 다가와 조력자가 되었다. 그는 다름 아닌 2위 주자 아리아나 루터먼(Ariana Luterman, 17)이었다. "결승선이 눈앞에 있어요", "당신은 할 수 있어요"라고 끝까지 응원하며 함께 달렸다. 그리고 결승선 앞에서 그녀의 등을 밀어주어 우승할 수 있도록 했다. 27번 주자는 뉴욕 정신과 의사인 챈들러 셀프(32)로 2시간 53분 57초로 이날 여자부 우승을 차지했다. 관중은 아낌없이 헌신한 2위 주자에게 더 큰 환호를 보냈다. 댈러스 뉴스 등 지역 언론은 "2위 주자가 1위를 부축하지 않았다면 셀프의 우승은 없었다"며 함께 달린 미국 고교생 아리아나 루터먼을 크게 칭찬했다. 17세의 어린 여고생의 행동이 놀랍지 않은가? 잘난 사람보다 따뜻한 사람이 많은 세상, 가진 것이 많은 사람보다 나눌 줄 아는 좋은 세상을 만들어 보자.

흔히 줄 세우는 사회라는 말을 한다. 성적, 재산, 권력 등으로 줄 세우고 그 줄에서 다른 사람보다 맨 앞에 서려고 한다. 그러나 곰곰이 생각해보면 우리가 걷는 과정에서 우리의 등을 누군가가 조용히 밀어주었다. 우리는 알게 모르게 도움을 주고받으며 살아가고 있다. 우리에겐 누군가의 등을 밀어줄 수 있는 따뜻한 손도 있다. 겸손한 마음으로 배려하며 이웃을 살피고 따뜻한 손으로 가볍게 밀어주자. 그러면 우리가 사는 세상은 더 밝고 아름다워질 것이다. 가진 것이 많은 사람보다 나눌 줄 아는 사람이 많은 세상이 살맛 나는 세상이다. 우리도 그런 사람, 그런 세상을 만들어 보자.

'등 밀어주기 운동'은 각 지역의 문화원이 중심이 되어 교육기관과 연계하여 범국민적인 활동의 인성 교육프로그램이 필요하다. 예도(藝都: 민속문화예술 수도) 진도(珍島)를 가꾸기 위해 진도문화원이 중심이 되어 어려운 이웃의 '등 밀어주기 운동'을 먼저 시작하면 어떨까?

2023. 06. 22.

신언서판(身言書判)

웃으면 복이 온다

그리 매서운 겨울바람에 움츠렸던 냇가의 버들가지가 살랑이는 봄바람에 화색이 돌아 살며시 고개를 내민다. 온기를 머금은 흙 속의 씨앗이나 뿌리들은 용트림하듯 힘차게 기지개를 켠다.

춘삼월이 되니 지나는 사람들의 몸맵시도 가벼워지고 얼굴에는 미소가 가득하다. 환한 표정은 스쳐만 지나가도 모르는 인연이지만 설렌다. 어느 모임에 가면 초면인 사람에게 인사를 한다. 손을 잡으면 좋은 기운이 스며든다. 보기만 해도 엔도르핀(endorphin)이 감돈다.

사람을 만나면 첫인상에서 만난 사람의 깊이를 스스로 헤아린다. 예나 지금이나 사람을 판단하는 일을 쉬운 일이 아니고 신중(愼重 : 썩 조심스러움)한 일이다. 누구나 처음 대하는 사람은 먼저 얼굴이나 풍채를 보고 그 사람됨을 평가하려 한다. 사람은 지혜로우면서도 어리석고, 진실과 거짓이 상반되게 행동을 하여 지금까지 인문학 분야의 주요 연구과제가 되고 있다.

　고사성어(故事成語 : 옛날 있었던 일에서 만들어진 어구)에 신언서판(身言書判)이란 말이 있다. 이 성어는 1,300여 년 전 당(唐)나라 태종 때 관리를 등용하는 시험에서 인재 평가의 기준으로 삼았다고 한다.

　『신당서(新唐書)』 권(卷)45지(志) 제(第)35 선거지(選擧志) 하(下)에 다음과 같은 말이 나온다.
　'범택인지법유사(凡擇人之法有四 : 무릇 사람을 고르는 법에는 네 가지가 있는데) : 일왈신(一曰身 : 첫째는 몸인데) ; 體貌豐偉(체모풍위 : 그 얼굴과 몸매가 듬직하고 위풍당당해야 하고), 二曰言(이왈언 : 둘째는 말인데) ; 言辭辯正(언사변정 : 그 말하는 바가 조리가 있고 반듯해야 하며), 三曰書(삼왈서 : 셋째는 글씨인데) ; 楷法遒美(해법주미 : 글씨가 해서처럼 또박또박 정확하면서 아름다워야 하고) ; 四曰判(사왈판 ; 넷째는 판단력인데), 文理優長(문리우장 : 사안의 이치에 대한 판단력이 우수하고 뛰어나야 한다)'라고 하였다.
　이런 인재 등용의 지침을 만든 이는 당나라 태종이었다. 그는 자신이 '황태자의 난' 등 여러 역경을 극복하고 황제에 올라 중국 역사상 매우 뛰어난 성군으로 평가받으며 재위를 마쳤는데, 그는 실제로 이런 기준에 근거하여 인재를 등용했고, 후대까지 과거시험에 적용하여 인재 등용의 기준으로 삼았다.

신언서판(身言書判)은 중국뿐만 아니라 과거 우리나라에서도 고려 광종 때부터 호족 출신의 공신 세력을 누르고 충성스러운 문신 관료를 얻기 위해 과거제도를 실시했고, 인물 평가의 기준으로 널리 활용되었다. 조선시대에도 유교를 숭상하는 사회로 인재를 등용하는데 신언서판이 중요한 요소가 되었고, 이러한 판단의 기준은 요즘도 변함없이 영향을 받는다. 우리는 어떤 사람의 말을 듣고 그 사람의 내면의 세계를 파악한다. 흔히 잘생겼다. 영특하다고 하는 것도 신언(身言)을 판단 기준으로 삼고 말하는 것이다. 신언서판은 세상을 살아가는 사람들이 알게 모르게 내면화되어 가고 있다.

이에 덧붙인다면 첫째, 신(身)은 사람의 외형을 평가하는 기준이고 건강이 우선이다.

두 번째, 언(言)은 말솜씨이다. 인간의 관계를 유지하고 발전시키는 리더의 역량 중 없어서는 안 될 중요한 요소이다. 조리 있는 말과 표현, 상대를 쉽게 설득하는 능력 등을 살피는 것이다. 이에 덧붙인다면 틈만 나면 간사하고 요사한 말로 잠시 속이는 이는 경계의 대상이다.

세 번째, 서(書)는 이를 뒤에서 풀어주고 있는 해법주미(楷法遒美)에서 말하고 있는 것처럼 유려하고 아름다운 글씨가 인재를 판단하는 세 번째 기준으로 해석했다.

네 번째, 판(判)은 올바른 판단 능력이 있는가를 보는 것이다. 어떤 현실적인 문제를 던져주고 어떻게 판단하는지를 평가하는 과정에서 해당 인재의 총체적인 지식과 정보를 엿보았다. 문리우장(文理優長)이라는 해설을 덧붙여 결국 사람의 평가는 어느 특정한 부분이 아니라 총체적으로 다루어지고 있었음을 알 수 있다.

그렇지만 사람을 함부로 비교하지 말고 평가하지도 말자. '그러려니' 하며 중심을 갖고 살아가자. 성자 어거스틴(Augustine, 354~430)은 '건강하게 살아서 숨을 쉬고 있음이 엄청난 축복(祝福)이고 은총(恩寵)이다'라고 했고, 종교 개혁가 마루틴 루터(Martin Luther, 1483~1546)는 'Thank God for everything. I thank God I'm alive.(모든 것에 대해 신께 감사드린다. 내가 살아 있어서 다행이다)'라고 했다.

사람은 처음 만난 사람을 판단하는 데는 3초라고 한다. 대부분 사람들은 이성적으로 판단한다고 생각하는데 실제로는 이성보다는 감정이 움직이는 방향으로 결정한다고 한다. 직감으로 타인을 판단하고 그 첫인상이 좀처럼 바뀌지 않는다고 한다. 그러나 살아가는데 사람이 가장 귀한 존재이고 서로 관계를 나누어야만 한다. 그런데 그 귀함을 잊고 얼굴만 보고 호불호를 결정한다면 존귀한 보물을 그냥 지나쳐버릴 수 있다. 우리에게 잠시라도 맺은 인연은 소중한 자산으로 여기며 서로 아끼고 배려하자.

오늘이라는 하루가 우리에게 주어진 최상의 '선물'이다. '웃으면 복이온다'는 말이 있다. 언제나 활짝 웃으며 어떤 일이나 말에 지나치게 얽매이지 말고 비교 대상으로 삼지도 말자. 순간순간의 삶에 남을 자신의 인생관에 견주지 말고, 공감의 폭을 맞춰 가며 보람으로 즐기고, 서로 사랑하며 감사하자.

2023. 03. 10.

반면교사나 타산지석으로 삼기를 바라며

　진도문화원장 선거를 앞두고 갑자기 자신의 돈이 아닌 특정인의 입회비로 등록한 신규 회원이 기존회원 340여 명보다 많은 350여 명의 신규 회원의 선거권 문제로 우여곡절 끝에 2023년 8월 30일 마쳤다. 예상대로 오판주 후보가 379표 박영관 후보는 226표 기권 2표가 나와 투표율 87%라는 대기록을 세웠다. 691명의 선거인 수 중 90명이 불참했는데 기존회원이 대부분이며 그중 3명은 사망했고, 53명은 병원에 계시거나 노약자다. 물론 신규 회원 350명은 적극적으로 참여했다. 예상할 수 있지 않은가? 선거가 임박하여 갑자기 등록한 신규 회원이 기존회원보다 많아진 문제는 사회적인 이슈로 MBC 방송에도 두 차례 방영되었다. 이 문제로 큰 인물들이 돌아가신 대통령이 출마하더라도 이길 수 없는 선거라며 줄줄이 포기하였다.

　들여다보면 분패인가? 석패인가? 참패일까? 선거를 마치고 반면교사나 타산지석으로 삼으라는 마음으로 패배의 원인을 분석해 보았다.

첫째, 입회비를 특정인이 대신 납부해 입회하게 한 350명 신규 회원 선거권 문제를 들 수 있다. 이 문제는 뜨거운 감자다. 의뢰인과 하수인은 그대로 두고 수많은 신규 회원에게 제재(制裁)를 가한다는 것은 어불성설이다. 자신의 의지로 가입하지 않았기에 이번만은 선거권을 제한했더라면 하는 아쉬움이 있다.

둘째, 런닝메이트가 없이 단독으로 출마했다는 문제이다. 상대는 런닝메이트를 갖추고 꾸준히 운동했는데, 홀연히 했으니 결과가 뻔하지 않겠는가. 진영을 제대로 갖추었다면 다소 상호 보완이 되어 시너지 효과가 있었을 것이다. 선거 당일에 런닝메이트로 등록하여 무투표 당선이 공고된 임원(이사)들이 나와서 선거하러 온 회원들에게 빙 둘러서서 후보자보다 먼저 악수하며 '아짐', '삼촌'하고 너스레웃음 치며 어깨동무하고 이층계단 입구까지 안내한다. 정상적인 선거라면 있을 수 없는 행태이다. 또한 역할(?)을 맡았는지 문화원 안팎을 들락거린다. 87%의 투표율이 그냥 나왔을까?

셋째, 350명 문제로 포기했다가 준비도 없이 너무 늦게(8월 14일) 뛰어들었다는 문제이다. 불을 보듯 뻔한 선거에 포기하려 했지만, 진도 문화를 지키는 희망의 등불을 켜보려고 출마했다. 어리석은 행동일까? 어렵지만 이번에 출마한 이유는 기적 같은 당선도 목표지만 바른길이 어떤 모습인가를 보여주기 위해서였다. 옳지 못한 일을 보고 아무도 출마하지 않는다면 다음에도 이런 일이 반복될 수 있어 다음 선거를 위해 옥쇄한다는 각오로 런닝메이트도 없이 홀로 출마했다. 만용이었을까? 그러나 혼자가 아니었고 의로운 분들이 응원해주어 힘이 났다. 스스로에게는 절박한 일이 아니었기에 후회는 없다. 진도 문화에 작은 주춧돌 하나를 얹어놓았다. 염려한 분들에게 무어라 말할 수 없는 뜨거운 마음을 드린다. 너무나 고맙다. 바른길을 걸을 때 출발은 혼자였지만 혼자가 아님을 깨닫게 되었다.

넷째, 조직도 없고 전략도 없고 선거 사령탑이 없었다는 문제이다. 진도 문화를 걱정하는 분들이 자진해서 전화해주겠다고 했지만, 연결 고리를 맺지 못했다. 사령탑이 없어서다. 봉사하는 분들과 서로 연계하여 공유하면서 전략을 짰더라면 결과가 더 좋지 않았을까 하는 아쉬움이 있지만, 그랬더라도 이기기는 어려운 구조의 선거였다.

다섯째, 이번 선거는 이성보다 감성이 앞선 선거였다. 얼굴도 모르는데 상대의 전화도 받지 않는다. 의사 불통이다. 집단의 사주(使嗾)에 매몰되면 이성적인 판단은 흐려진다. 바른길이 훤한데 보이지 않는다.

여섯째, 선거가 끝나고 이의 신청하라는 지인이 많았다. 간사한 미꾸라지 한 마리로 인하여 또다시 진도가 뉴스로 덧칠되면 예술단체에 이어 문화원까지 오명을 덧입게 된다. 그 일이 아무리 바른길이라 해도 사랑하는 우리 진도가 이전투구로 개차반이 되는 길은 원하는 선택지가 아니었다.

사람들은 자신만의 삶의 무게를 이고 지고 살아간다. 자신이 한 일은 알게 모르게 역사에 기록된다. 기고 난다 해도 천라지망을 벗어날수는 없다. 하늘의 뜻을 가슴에 새겨야 한다. 문화원장은 존경을 먹고 사는 무보수 명예직이다. 문화는 진취적이고 미래지향적인 방향으로 나아가야 문화라 할 수 있다. 전보다 뒤떨어진 길로 간다면 문화의 역할을 저버리는 행위이다. 삶의 길은 모퉁이를 돌아봐야 확실히 알 수 있다. 이번 선거를 호가호위하는 조직 싸움으로 엮어가려는 움직임도 엿보였다. 정치색이 깊게 끼어들어 가슴 아팠다. 안타까운 일이다. 문화를 사랑하는 사람들과 군민이 함께 어울려 명가(名價)의 진도로 가꾸어야 한다. 문화원은 문화 창달을 위해 도움을 주는 기관이며 명예의 전당이다. 문화원장은 언제 어디서나 존경과 흠모의 대상이 되어야 한다. 꼬리에 주홍글씨를 달고 눈총을 받고 살아가는 길은 당사자의 몫이다. 잘하겠다는 마음으로 당선되었으니, 진도를 위해 거듭나 성공하는 문화원장으로 기록되길 바란다.

　누가 뭐라고 해도 우리 진도가 예향을 넘어 예도(藝都 : 민속문화예술 수도)로 빛나기를 간절한 마음으로 기원한다.

2023. 09. 07.

노년의 친구

우정의 탑을 쌓자

어디쯤 왔을까?/ 가는 길 멈춰서/ 뒤돌아보니 보이지 않고/ 내키지 않게/ 서 있는 길도 알 수가 없어라.

잡아야 했던/ 순간순간/ 그냥 지나치고/ 이제 와/ 어디로 가고 있는지?

공자(孔子, BC 551~BC 479 노(魯)나라)는 일찍이 인생을 단계별로 『논어(論語)』「위정편(爲政篇)」에 정리해놓았다.

吾十有五而志于學三十而立四十而不惑五十而知天命六十而耳順七十而從心所欲不踰矩(오십유오이지우학삼십이립사십이불혹오십이지천명육십이이순칠십이종심소욕불유구) ; 내가 15세에 배움에 뜻을 두었고[지학(志學):학문에 뜻을 둠], 30세에 뜻이 섰으며[이립(而立):자립한다는 데서], 40세에 학문을 해야 함에 의심이 없어졌고[불혹(不惑):미혹되지 않음], 50세에 하늘의 명[이수(理數)]을 알았으며[지명

(知命):천명을 앎], 60세에 모든 말이 귀에 순하여 거슬리지 않게 되고 [이순(耳順):귀가 순해진다는 뜻], 70세에는 마음 내키는 대로 해도 법도에 어긋남이 없었노라[종심(從心):마음을 쫓는다는 뜻]. 70세의 다른 말은 당(唐)나라 시성(詩聖) 두보(杜甫, 712~770)가 지은 「곡강(曲江)」 시(詩)의 '인생칠십고래희(人生七十古來稀)'에서 나온 말이 고희(古稀)다.

조회일일전춘의(朝回日日典春衣) 조정에서 나오면 봄옷을 잡혀 놓고

매일강두진취귀(每日江頭盡醉歸) 매일 강 언덕에서 만취하여 돌아오네

주채심상행처유(酒債尋常行處有) 가는 곳마다 외상 술값 있지만

인생칠십고래희(人生七十古來稀) 인생 칠십 년은 예부터 드문 일

천화협접심심견(穿花蛺蝶深深見) 꽃 사이 호랑나비 깊숙이 보이고

점수청정관관비(點水蜻蜓款款飛) 강물 위에 점을 찍듯 잠자리 난다

전어풍광공류전(傳語風光共流轉) 풍광도 말 전하리 함께 흘러가는데

잠시상상막상위(暫時相賞莫相違) 잠시 서로 즐기고 원망하지 말라.

두보(杜甫)는 곡강(曲江) 가에서 1년간 술을 마시며 시(詩)를 썼다. 조정(朝廷)에서 퇴근하면 곡강(曲江) 가에서 돈이 없어 옷 잡혀 술 취해 돌아오고, 술집마다 외상값 안 걸린 집 없지만, 인생칠십고래희(人生七十古來稀)라, 인생 70도 살기 어려운 짧은 유한한 생을 살며 해결하지 못하는 많은 번민을 대자연의 풍광과 꽃밭 사이 호랑나비, 잠자리에 비교하며 자연과 더불어 즐겨보자고 시인의 불편한 심사를 묘사했다.

이 세상에서 누릴 수 있는 복(福) 중에서 가장 으뜸은 단연 '만남의 축복'이다. 그중에서도 배우자와의 만남, 친구 간의 만남이 첫째다. 잘 만나면 행복이요, 잘못 만나면 재앙이다. 부부는 평생의 짝이고, 친구 는 인생의 동반자이기 때문이다. 노년이 되면 인생을 함께 걸어갈 친구 가 중요하다. 태어나면서부터 죽을 때까지의 삶은 누군가와 동행하면 서 평생을 살아가야 하기 때문이다. 마음이 아플 때 의지하고 싶은 친 구가 있다면 그 무엇보다도 소중한 자산이 아닐 수 없다.

그리스 철학자 에피쿠로스(Epikuros, BC341년경~BC270년경)는 "한 사람이 평생을 행복하게 살아가기 위해 필요한 것 중 가장 위대 한 것은 친구다"라고 말했다. 영국의 시인 윌리엄 블레이크(William Blake, 1757. 11. 28.~1827. 8. 12.)도 "새에겐 둥지가 있고, 거미에겐 거 미줄이 있듯, 사람에겐 우정이 있다"는 말을 남겼다. 주어진 삶을 멋지 게 엮어가는 커다란 지혜는 우정(情)에서 힘을 얻는다.

향기 그윽한 꽃 주위에 있으면 향기가 나고, 악취가 나는 곳에 있으 면 내 몸에도 은연중 악취가 몸에 밴다. 노후엔 익자삼우(益者三友)와 손자삼우(損者三友)를 새겨 사귐에 경중을 두어야 말년이 평안하다. 신은 인간이 혼자서는 행복을 누릴 수 없도록 만들었다. 주위 사람들 을 칭찬하고 자신도 이웃과 친구에게 필요한 사람으로 살아야 인생이 아름답다. 우정의 길은 받기만 하고 주지 않으면 길이 점차 좁아진다.

관계 속에서 인간의 운명은 결정된다. 운명은 타고나는 것이 아니라

관계를 통한 선택일 뿐이다. 겸손은 사람을 머물게 하고, 칭찬은 사람을 정겹게 한다. 너그러움은 사람을 따르게 하고, 깊은 정은 사람을 감동케 한다. 아름다운 마음을 가꾸며 그 향기로 세상이 아름다워지도록 우정의 탑을 차곡차곡 쌓아보자.

2023. 11. 02.

지혜(智慧)롭게 살자

지혜는 삶의 등불이다

누가 등을 미는지 세월이 급하게 손짓한다. 유유자적하며 자연을 벗삼아 살고 싶은데, 세월에 가속도가 붙어 마음이 더 급해진다.

나이 들면 '탓'이 늘어난다. 내 탓이 늘어나면 좋은데, 나는 옷장 안에 감추고 남을 탓하기 시작한다. 치매 초기 현상이나 노화 현상이다. 김수환 추기경은 '내 탓이오'를 설파했다. 홀로 애달아서 하는 푸념보다 역으로 나이 든 내가 '먼저 하면 어떨까?' 세상은 상선약수(上善若水 : 윗물이 맑아야 아랫물도 맑다)가 이치이다.

스티브 홀(Steven Holl, 1947. 미국, 김소희 옮김, 리더스북, 2012)의 『무엇이 그들을 지혜롭게 했을까』란 책에는 '감정조절', '판단 능력', '도덕적 선택', '연민', '겸손', '이타심', '인내심', '융통성'의 8가지가 인간을 지혜롭게 만드는 요소라고 했다. 그 요소 중 가장 중요한 것은 '판단 능력'이라고 주장했다.

사람들은 지혜롭기를 원한다. 동서양의 지혜로운 사람들은 어떤 사람인가? 지혜를 얻기 위해서는 지적인 활동뿐 아니라, 육체적인 활동을 해야 한다. 초기의 철학은 길에서 생겨났다. 소크라테스(Socrates, BC470~BC399, 그리스)는 대중과 토론하고, 공자[孔子, BC551~BC479, 魯(노)]는 이 나라 저 나라를 찾아다니면서 뜻을 전했다.

고대 그리스의 서사 시인인 헤시오도스(Hēsiodos, ?~?)는 "인간 중 스스로 진실을 볼 수 있는 이가 최고다. 현명한 조언에 귀를 기울이는 이도 좋다. 하지만 현명하지도 않으면서 지혜에 대해 생각해보려고 조금도 노력하지 않는 자는 가치 없는 존재"라고 했다.

소크라테스는 단 두 단어 '너 자신을 알라(Know yourself)'를 통해 인간과 사회 문제를 사고하는 기념비가 될 만한 기록을 남겼다. 즉 지혜는 다른 미덕과 마찬가지로 수고를 통해 얻어지는 성과인 셈이다. 소요되는 수고에는 경험, 오류, 직관, 초연함, 그리고 무엇보다 중요한 비판적인 사고 등이 있다. 이것은 반직관적, 저항적, 비감성적, 반신화적, 비전통적이다. 지혜를 추구한다는 것은 비단 지적인 활동만이 아니라 물리적인 일이기도 하다. 종종 주변 환경을 바꾸어야 하고, 때로는 여행을 가야 한다. 소크라테스가 정치인들과 시인들을 심문하기 위해 아테네를 돌아다니고, 부처[釋迦(석가), Śākyamuni, BC563?~BC483?, 인도]는 깨달음의 말을 전파하기 위해 인도 동북쪽 녹원을 떠돌아다녔다. 지혜의 초창기 역사는 이처럼 길 위에서 펼쳐졌다.

에릭슨(Erik Homburger Erikson, 1902~1994, 미국)은 "지혜는 노년 무렵에 생겨난다"고 했다. 노년은 거의 한평생에 걸친 축적된 경험을 바탕으로 인생 전반을 균형 잡힌 시각으로 되돌아볼 수 있다. 노년에는 초연하게 죽음을 기다리는 듯하지만, 한편으로는 인생에 대해 적극적으로 관심을 가지기도 한다. 우리는 농익은 재치, 축적된 지식, 성숙한 판단, 포괄적 이해 등 여러 함축적 의미에서 이것을 지혜라고 부른다. 그리고 이 지혜는 개인적 차원에서 진화하는 것이 아니다. 대개 살아있는 전통이 지혜의 본질이 된다.

지혜란 남을 속임도 아니고, 남의 아픔을 정직히 표현하는 행위도 아닌, 자신이나 주변을 살리는 묘책이다. 지혜란 이 세상 사물의 이치를 제대로 깨닫고, 그것을 통해서 자기 자신의 행복을 찾아 나갈 수 있는 인간들의 지적 능력을 말하는 것이다. 지혜는 올바르게 판단하고 최선의 행동 방침을 따르는 능력으로 정의할 수 있다. 여기에는 통찰력, 올바른 판단력, 건전한 의사 결정이 포함된다. 지혜는 단순히 지식에 관한 것만이 아니라 그 지식을 실제 상황에 적용하는 능력이 포함된다.

지혜란 삶의 등불이며, 우리는 지혜로 이 세상의 어둠을 걷어낸다. 제아무리 어렵고 힘든 장애물이라고 하더라도 뛰어넘을 수가 있다. 앎은 지혜가 되고, 지혜는 등불이 된다. 지혜는 용기가 된다. 교육은 이 지혜를 얻기 위한 입문 의례 과정이다. 지혜로워야 상승할 수 있고, 가치 있는 문화를 창출해 낼 수 있다.

"아는 것을 안다고 말하고, 모르는 것을 모른다고 말하는 것이 참지혜다"고 공자가 논어에서 말했다. 자신이 모른다는 것을 아는 것이 지혜의 첫걸음이다. "중요한 일을 게을리하지 말라"고 스티븐 커비(Stephen Richards Covey, 1932.~2012. 미국) 박사는 충고했다. 노년은 필요한 사람에게 백과사전처럼 안내해주는 나침반 역할을 해야 세상이 지혜롭게 흐른다. 하늘이 준 노년의 삶을 걷기와 산책, 사색을 즐기며 낙천적이고 평안하게 즐겨야 삶이 여유롭다. '화향백리(花香百里): 꽃의 향기는 백 리를 가고', '인향만리(人香萬里) : 사람의 향기는 만리를 간다'는 말이 있다. 아름다움은 상대를 배려하고 자기의 꿈을 실현하는 상생전략(相生戰略)이 지혜로운 삶의 미학(美學)이다.

2023. 11. 16.

지도자의 품격

정직, 지혜, 비전과 책임감 있는 인격자

'연분홍 치마가 봄바람에 휘날리더라/ 오늘도 옷고름 씹어가며/ 산 제비 넘나드는 성황당 길에/ 꽃이 피면 같이 웃고 꽃이 지면 같이 울던/ 알뜰한 그 맹세에 봄날은 간다//

손노원(孫露源, 1911~1973) 작사, 박시춘[朴是春, 본명 : 박순동(朴順東), 1913~1996] 작곡, 백설희[白雪姬, 본명 : 김희숙(金姬淑), 1927~2010) 노래의 '봄날은 간다' 노래를 읊조려본다.

피천득(皮千得, 1910~2007)은 '잃었던 젊음을 다시 가져오게 하는 봄은 헤어졌던 애인을 만나는 것보다 더 기쁜 일'이라고 했다. 롱펠로우(Henry Wadsworth Longfellow, 1807~1882, 미국)도 '처녀들이여, 5월은 오래 머무르지 않으니 마음껏 젊음을 누려라, 청춘의 향기를 마음껏 사랑하라'고 노래했다.

온갖 생물이 방긋거리고, 산천초목이 수려하며 격에 맞게 만화방창(萬化方暢)할 준비에 바쁘다. 양귀비같이 요염하지 않고, 박꽃처럼 순수하고 소탈하며 참신한 봄꽃이나 만물도 의연한 품격이 있다.

우리 사회의 윤리는 매우 심각하다. 바른 사회를 유지하고 사람들의 생명을 지키기 위해서는 윤리교육이 필수다. 윤리교육은 국민의 불안과 염려를 극복하고 삶에 긍정적 에너지를 불어 넣을 수 있다. 따라서 모든 지도자의 가장 중요한 덕목은 스스로 인격과 품격을 갖추는 것이다. 지도자의 품격이 기업을 발전시키고, 사회를 건강하게 하고, 나라를 부강하게 만들기 때문이다.

미국의 16대 링컨(Abraham Lincoln, 1809~1865) 대통령은 미국 역사상 가장 위대한 인물로 평가된다. 그는 '존경(respect)'을 자신의 최고의 가치로 삼았다. 존경은 인격과 품격에서 나온다.

나라에는 국격이 있고 인간에게는 인격과 품격이 있다. 이제 4월 10일이면 대한민국의 제22대 국회의원 선거일이다. 어떤 사람을 뽑아야 나라가 바로 설까? 지도자가 갖춰야 할 품격은 무엇일까?

품격(dignity)의 사전적 의미는 '사람과 사물 따위에서 느껴지는 품위'다. 품위와 품성은 품격으로 드러난다. 정신과 의사인 이시형(李時炯, 1934~) 박사는 『무엇이 우리를 최고로 이끄는가』에서 절제, 포용, 배려, 정직, 신의, 배움, 글로벌 마인드를 품격의 요소로 들고 있다.

소크라테스(Socrates, BC470경~BC399)는 감옥에서 독배를 마시기 전에 제자 플라톤(Platon, BC427~BC347)에게 "사는 것이 중요한 것이 아니라 바로 사는 것이 중요하다"고 말했다. 누구나 '바른 삶'은 품격을 갖출 때 이뤄진다.

지도자의 품격은 곧 국격이다. 지도자의 말과 행동에 신뢰가 쌓이면 국민 사이에 존경과 사랑의 꽃이 핀다. 전남대 김봉중(金琫中, 1959~) 사학과 교수는 『이런 대통령을 만나고 싶다』에서 존경받는 미국 대통령 11명의 품격을 자부심, 되새김, 관용과 포용, 미래 설계 등으로 압축했다. 이들의 품격과 실천은 정치가와 국민에게 현실 문제를 판단하는 준거를 제공하고, "자유와 기회의 나라"라는 미국의 정체성을 확립하는 데 결정적인 역할을 했다.

우리 시대에 지도자의 덕목과 품격은 무엇일까?

첫째, 책을 읽고 지혜롭게 생각하는 인격자라야 한다. 이 인격을 고대 그리스어로 '에토스(ethos)'라고 말한다. 일반적으로 덕은 지적인 덕, 도덕적인 덕을 말한다. 지적인 덕은 태어나면서부터 계속해서 가르침을 통해 베어지며, 도덕적인 덕은 습관을 통해 형성된다고 한다.

겸손은 모든 사람의 기본 미덕이다. 겸손한 태도로 남에게 양보하거나 사양하는 아름다운 마음씨나 행동을 일컬어 '겸양지덕(謙讓之德)'이라 한다. 배려(配慮)와 겸양지덕(謙讓之德)은 우리 인간이 생을 살아감에 있어 반드시 새기고 실천해야 할 정신이자 덕목이다.

둘째, 정직해야 한다.

셋째, 지도자는 미래에 대한 비전(꿈)이 있어야 한다.

넷째, 소통하며 책임감이 강해야 한다.

지도자는 도덕성을 비롯해 소통, 청렴성, 정직성 등 많은 항목에서 조직원들에게 신뢰를 받아야 한다. 지도자는 한 나라의 흥망과 미래에 미치는 영향력이 절대적이기에 지도자의 언어에는 품격이 있어야 하며 진정성이 담겨 있어야 국민이 믿고 따른다.

국가의 핵심 가치를 지킬 수 있는 책임감 있는 지도자가 선출되기를 기도하자. 『논어(論語)』「안연편(顏淵篇)」에 '정자정야(政者正也)'란 말이 있다. 이 뜻은 '천하를 바로잡는 것이 정치'라는 말이다.

여기에 한국은 지정학적 특수한 상황에서 국가안보를 최우선으로 하고, 헌법적 가치와 질서를 절대시하며, 국민을 두려워하는 자라면 금상첨화가 아닐까? 이러한 품격을 갖춘 지도자가 있는 공동체나 조직의 일원은 얼마나 행복할까? 우리는 품격있는 지도자를 원한다.

우리가 혜안(慧眼)을 가지고 지도자가 지녀야 할 기본 덕목인 지적 능력·신용·청렴 등이 있는지 살피고, 더불어 비전, 용기, 정직, 도덕, 배려, 겸손, 책임감을 갖춘 훌륭한 지도자를 선출하자.

이번 선거는 대한민국의 부강한 미래를 바라보며 올바른 지도자를 선택해야 한다. 선거에서 지연, 혈연, 학연, 자신의 이익을 앞세우지 말고 나라와 지역발전의 미래만 생각하자. 자신의 권리를 어떻게 행사하느냐에 따라 나라와 지역의 운명이 바뀔 수 있다. 우리나라의 밝은 내일과 후손들의 행복을 위해서 참된 정치지도자의 선택이 최우선이다.

2024. 03. 03.

국민만 바라보는 지도자

정치교육과 논리 교육

　동쪽은 해가 먼저 뜨니 우리가 옳다/ 서쪽은 지는 해 잡으니 우리 공이 크다/ 남북은 갈라져 부라리며 바라보는 데/ 사방으로 갈기진 상처 언제 다스려질까? 단합해도 어려운 시기인데 국민의 마음이 분열되어 아픈 마음으로 시대의 기린아를 기다리며 읊조린다. 동서 화합이 우선인데, 그 중심에는 문화예술인들이 앞장서 승화시켜가야 하지 않을까?

　제22대 총선은 끝났다. 이번 선거는 정책 선거로 영혼을 울리는 말은 볼 수 없었고 반사회적 표현이나 막말이 난무하는 말싸움 판이었다. 결과는 야대여소로 끝났다. 지금은 잠시겠지만 태풍 전야처럼 조용한 편이다. 그러나 알게 모르게 물밑에서는 국가나 국민보다는 자신들을 위한 수 싸움이 한창일 것이다. 정치가는 국민을 마음 편하게 하고 국가의 미래를 그려야 하는데, 반대로 국민이 이들의 앞날을 걱정하게 하고 있다. 아이러니(irony)하다. 법치는 무너진 지 오래고 파렴치범들이 오히려 큰소리친다. 이런 나라가 지구상에 몇 나라나 될까?

　우리나라에도 정치교육과 논리 교육을 시작해야 한다. 이성적인 판단은 뒷전이고 붕당의 이념에 몰입되어 판단이 매몰되어 간다. 아쉽다.
　스웨덴은 북유럽의 국가다. 수도는 스톡홀름이다. 북유럽에서 인구가 가장 많다. 면적은 5,288만 6,072ha로 세계 49위(2021 국토교통부, FAO기준)이다. 인구는 1,067만 3,669명이며, 세계 87위(2024 통계청, UN, 대만통계청기준)이다. GDP는 5,859억 3,917만 달러로 세계 24위(2022 한국은행, The World Bank, 대만통계청기준)이다. 1인당 GDP는 5만 5,873.22달러로 세계 11위의 복지국가이다. 또한 스웨덴은 전 세계에서 국민 행복 지수와 반부패지수(국가청렴도 지수)가 최상의 순위를 유지하고 있다. 그러나 약 80여 년 전만 해도 스웨덴은 가난, 실업, 빈부 격차, 좌우 갈등, 극심한 노사 분쟁 등으로 그야말로 절망의 나라였다. 지금은 모두가 꿈꾸는 최상의 복지국가로 일신(一新)되었다. 이처럼 스웨덴을 일구어낸 데 빼놓을 수 없는 인물이 바로 '타게 엘란데르(스웨덴어 : Tage Fritjof Erlander, 1901~1985)'라는 정치가이다.
　스웨덴에서 가장 존경하는 정치인이 누군지 물어보면 대답은 한결같다. 1946년 45세부터 23년간 총리를 지내며 재임 중, 11번의 선거를 모두 승리로 이끌었다. 마지막 선거에서는 스웨덴 선거 사상 처음으로 과반이 넘는 득표율로 재집권한 후, 후계자 스벤 올로프 요아킴 팔메(스웨덴어 : Sven Olof Joachim Palme, 1927~1986)에게 자리를 넘겨주고 떠난다. 드라마틱(dramatic)하다. 민주주의 국가에서 20년이 넘도록 장기집권이 가능하도록 스웨덴 국민이 신뢰한 이유가 무엇일까?

변택주(1953~서울)의 『세상을 아우른 따스한 울림』에 나오는 이야기에 소개된 내용 중 몇 토막이다.

첫째, 대화와 타협이다. 타게 엘란데르는 청년 시절 급진주의 활동을 한 좌파 정치인이었다. 그래서 총리로 선출되었을 때 왕과 국민은 많은 걱정을 했다. 그러나 야당 인사를 내각에 입각하고, 경영자에게 손을 내밀어 대화한 후 노조 대표와 함께 3자 회의로 노사 문제를 해결했다. 그의 대화정치를 상징하는 것이 바로 '목요회의'였다. 매주 목요일 보여주기식의 대화가 아닌 상대의 의견을 경청하고 문제 해결을 위해 노력하는 진정성 때문에 신뢰하고 성공했다.

둘째, 검소한 삶이다. 그의 아들은 대학 총장을 역임한 후 아버지가 살아온 길을 책으로 발간했다. 그 책 내용에 '엘란데르'는 최고 권력자였지만 검소하게 살았다. 총리 시절에도 이십 년이 넘은 외투를 입고 구두도 밑창을 갈아가며 오래도록 신었다. 검소함은 부인도 똑같았다.

셋째, 특권 없는 삶이다. 총리 시절에도 관저 대신 임대 주택에서 월세를 내고 살았다. 출퇴근도 관용차 대신 부인이 직접 운전하는 차를 이용했다. 1968년 '타게 엘란데르'가 총리를 그만둔 후 거처할 집이 없다는 사실을 알고, 당원들이 급히 돈을 모아 집을 마련해 주었다.

넷째, 정직한 삶이다. 아들 부부가 또 다른 일화를 소개했다. 어머니 '아이나 안데르손(Aina Andersson, 1902~1990)'은 고등학교 화학 교사로 남편이 총리를 하고 있던 시절에도 학교에서 아이들을 가르치는 평범한 삶을 살았다. '엘란데르'가 퇴임한 후 어느 날, 부인은 정부 부처 장관을 찾아가 총리 시절 쓰던 볼펜을 정부에 돌려주었다. 청렴한 공직자의 표상이다. 국민을 위한 그의 헌신은 스웨덴 정치의 교과서로 자리 잡았고 세계 최고의 행복한 나라로 만든 원동력이 되었다.

이들 부부는 최고 권력을 손에 쥐었지만 누리지 않았고, 국민만 바라보고 경청(傾聽), 겸손(謙遜), 공감(共感), 봉사(奉仕)의 삶을 천직으로 삼았다. 이것이 원칙(原則)과 상식(常識)의 사회를 만드는 비결이다. 오롯하게 국민만을 생각하고 국민만을 위해 헌신적 삶을 사는 지도자가 우리 곁에 혜성처럼 나타나길 기다린다.

대한민국 헌법 1조 2항에는 '대한민국의 주권은 국민에게 있고, 모든 권력은 국민으로부터 나온다'고 했다. 입법, 사법, 행정은 물론 권력의 4부라고 하는 언론까지 국민만을 위해 봉사하라는 명령이다. 대한민국에서도 이런 지도자가 반드시 출현해서 G-2로 가는 '길잡이'가 되고, '국민의 자존감'을 살려야 하는데 그때가 언제쯤일까?

2024. 04. 20.

노력은 믿음의 열쇠

어려움을 '하면 된다'는 기회로 삼자

이번 2024 파리 하계올림픽[제33회 올림피아드 게임(Games of the XXXIII Olympiad Paris 2024]은 7월 27일 센강 수상 행진 개회식으로 16일간 열전의 성대한 막을 올렸다. 규모는 206개국[205개 국가올림픽위원회(NOC) THTHR, 난민팀 선수 1] 10,714명이 참가하여 32개 종목에서 329개의 금메달을 놓고 치열하게 경쟁했다. 8월 11일 프랑스 파리 인근 생드니의 스타드 드 프랑스에서의 폐회식을 끝으로 16일간의 열전을 마무리했다.

1896년 제1회 아테네, 1900년 2회 파리올림픽, 1924년 8회 파리올림픽 이후 100년 만에 다시 문화와 예술의 도시 프랑스 파리에서 열린 하계올림픽은 미국, 중국, 일본, 오스트레일리아, 프랑스, 네덜란드, 영국에 이어 대한민국은 8위를 했다. 미국은 금메달 40개, 은메달 44개, 동메달 42개로 중국(금 40, 은 27, 동 24)을 따돌리고 하계올림픽 4회

연속 메달 순위 1위를 지켰다. 폭염과 열대야가 기승을 부린 시기에 온 국민에게 짜릿한 감동과 환희를 선사한 우리나라 선수단을 비롯한 전 세계 참가 선수들은 파리의 잊을 수 없는 추억을 간직한 채 4년 후 미국 로스앤젤레스(LA)에서의 재회를 기약하며 막을 내렸다.

한국 선수는 22개 종목에 선수 144명과 임원 118명이 파견됐다. 대한체육회는 '소수 정예'로 참가한 이번 대회의 금메달 목표를 5개 이상 획득해 종합 순위 15위에 오르겠다는 목표를 세웠다. 우리 선수단은 기대를 뛰어넘어 2008 베이징 대회(금13, 은11, 동8, 7위)와 2012 런던 대회(금13, 은9, 동9, 5위)에서 달성한 단일 대회 최다인 13개의 금메달, 은메달 9개, 동메달 10개를 획득해 메달 순위 8위로 이번 대회를 마쳤다. 전체 메달 수 32개는 1988년 서울 대회 33개(금12, 은10, 동11, 4위)에 이은 2위 기록이다. 최연소 선수와 최고령 선수는 모두 사격 국가대표인 것으로 드러났다. 최연소 선수는 여자 사격 10m 공기소총에 출전하여 금메달을 딴 17세 반효진이다. 최고령 선수는 여자 사격 트랩 종목에 출전한 이보나 선수로 1981년생(43세)이다.

전 세계인들은 16일 동안 지구촌 최대 스포츠 영웅들의 축제를 가슴 조이며 즐겼다. 올림픽에 출전한 선수들은 대부분 천부적(天賦的)인 재능과 자질은 타고났고, 남들이 이겨내지 못하는 고된 훈련과 피나는 땀방울로 정상에 올랐을 것이다. 경기 도중 몇몇 선수들의 겸손과 배려, 예절 바른 태도는 가슴을 따뜻하게 했다.

천부(天賦)라는 말은 선천적으로 타고난 재능이나 자질을 의미한다. 세계 인구는 80억 명 정도이다. 그렇지만 천부적인 능력은 모두 다르고 DNA도 다르다. 천(天)은 '하늘'을 의미한다. 이는 무한한 우주, 지구를 둘러싼 큰 공간을 의미한다. 하늘은 신성하고 높은 것을 상징하는 말로 사용되기도 한다. 이 한자에는 '높은 곳'이라는 의미가 포함되어 있다. 부(賦)는 '주는 것을 받음', '나누어 줌'를 가리킨다. 이는 무언가를 준다거나, 부여하는 행위를 의미한다. 선물이나 재능과 같은 것을 가리킬 때 사용한다. 따라서 '천부'는 우리가 타고난 소질이나 능력, 즉 '하늘이 주어진 선물'이라고 간주한다. 사람은 각자가 가진 독특한 능력을 발견하고 그것을 최대한 활용하고 노력하면 성공하거나 목표를 달성한다고 믿는다. 천부는 우리의 타고난 잠재력을 상징하는 말이다.

이번 파리올림픽에서 감동적인 장면은, 팔은 잃었지만 꿈을 잃지 않은 브라질 대표팀의 여자 탁구선수 브루나 알렉산드르(29)다. 그녀는 오른팔이 없었다. 패럴림픽 메달리스트인 알렉산드르에게는 첫 올림픽 무대이다. 알렉산드르는 왼손에 쥔 탁구채 위에 공을 올려놓고 엄지로 고정시킨 후, 이를 높이 띄워 서브를 했다. 알렉산드르가 묘기에 가까운 기술을 보여줄 때마다 관중석 분위기는 열광으로 바뀌어 갔다.

알렉산드르 말고 다른 장애인 선수들도 파리에서 땀을 흘뿌렸다. 신유빈과 7월 29일 여자 탁구 단식 64강에서 겨뤘던 호주의 멀리사 테퍼(34)는 오른팔을 잘 쓰지 못한다. 태어날 때 찢어진 어깨와 목 사이의 신경을 수차 수술을 받았지만 호전되지 않았다. 어릴 때부터 오른팔엔 보조기를 착용해야 했다. 테퍼는 "그렇지만 누군가 저에게 밥을 떠먹여 주지 않았다. 모든 걸 혼자 해 왔다"고 했다.

미국 남자 배구 대표팀 데이비드 스미스(39)는 태어날 때부터 귀가 잘 들리지 않았다. 지금은 청력의 90% 가까이 상실된 상태이다. 역경을 이겨낸 그는 네 번째 올림픽에 출전해 동메달을 따는 데 기여했다.

이들은 정상인도 하기 어려운 국가대표 선수로 발탁되어 출전했다. 천부보다 피땀의 노력으로 얻어낸 결과이고 메달은 목에 걸지 못했지만 그의 나라를 빛냈고 전 세계인들에게 '하면 된다'는 인간 승리의 파노라마로 응답했다. 미국의 작가이자 운동선수인 스티브 마라볼리(Steve Maraboli, 1975~)는 "우리가 겪는 가장 어두운 순간들이 우리를 가장 강하게 만든다"고 했다. 노력은 산도 움직이는 믿음의 열쇠로, 절대 배신하지 않는다. 다시 도전하여, 노력하고 또 해보면 성공한다.

천부적인 소질과 능력이 있다고 하더라도 노력 없이는 이룰 수 없다. 넘어질 수도 있다. 그러나 툭툭 털고 일어서야 한다. 위기는 우리를 더 강하게 한다. 어려움을 '하면 된다'는 기회로 삼아 감동의 씨를 뿌리자.

2024. 08. 18.

가는 해, 지금 그리고 오는 해

어제를 바탕으로 오늘을 보람있게 보내야

엊그제 내밀던 계묘년의 해가 뉘엿뉘엿 서산을 향해 넘어가고 있다. 어디선가 갑진년의 해는 힘차게 용트림하면서 달려오고, 이어서 을사년도, 병오년도, 정미년도 순서에 따라 가까운 곳에서 오고 있으니 세월의 빠름에 마음만 조급해진다. 어제는 지났고 오늘은 이 순간이며, 내일은 희망이다. 어제를 바탕으로 오늘을 보람있게 보내야 내일을 준비하게 되고 희망이 밝게 빛난다. 오늘 바라본 어제는 과거이며 저마다의 역사이다.

내일은 미래이고 미지의 날이다. 어떤 모습일지 알 수 있을까? 오늘은 현재이며, 신(神)이 우리에게 준 선물 중 하나이다. 영어의 현재(present)와 선물(present)은 같은 글자이다.

희망과 꿈을 가지고 포기하지 말라는 말로 "불가능이 무엇인가는 말하기 어렵다. 어제의 꿈은 오늘의 희망이며 내일의 현실이기 때문이다.(It is difficult to say what is impossible, for the dream of yesterday is the hope of today and the reality of tomorrow.)"라고 미국 물리학자이자 로켓 개발자 로버트 허칭스 고다드(Robert Hutchings Goddard, 1882~1945)가 말했다.

"절대 어제를 후회하지 마라. 인생은 오늘의 내 안에 있고, 내일은 스스로 만드는 것이다" 미국의 판타지 소설의 대가 L.론 허바드(L. Ron Hubbard, 1911~1986)의 말이다. 사람은 일반적으로 어제의 아쉬움이 후회로 느껴지지만, 오늘을 살아가는 데 큰 도움이 되지 않는다.

어제, 오늘 그리고 내일엔 연속성으로 멈추지 않는 시간에 시작과 끝이 따로 있지 않다. 인간의 삶은 어제가 있어 오늘이 있고, 오늘이 있어 내일이 있다. 매 순간순간이 연속되어 삶을 이룬다. 오늘에 살고 있으면서도 어제로 사는 사람이 있는가 하면, 내일을 바라보며 꿋꿋하게 사는 사람도 있다. 어제로의 삶은 미래에 대한 비전을 잃은 사람이다. 내일의 삶은 미래에 대한 꿈과 희망을 지닌 사람이다. 내일의 사람이 되려면 삶에 대한 분명한 목표 의식을 갖고 그 목표를 향해 사색(思索)하며 꾸준하게 달려가야 한다.

"어제를 통해 배우고, 오늘을 살며, 내일을 소망하라" 세계적 물리학자 아인슈타인(Albert Einstein, 1879~1955, 독일)의 말이다. 지난날의 좋았던 일은 추억이고, 가슴 아픈 일은 경험으로 삼아 미래의 자산으로 삼아야 한다. 기독교 작가 에디스 쉐퍼(Edith Rachel Merritt

Schaeffer, 1914~2013, 미국)도 "오늘이 어제와 같지 않도록 만들어라. 그러면 내일은 달라질 것이다. 삶은 매 단계마다 너무 빨리 지나버리고 만다. 후회하고, 다투고, 화를 내다보면 얼마 후에 사라져 버릴 지금이라는 귀중한 시간을 허비하고 만다. 지금은 그리 오래 지속되지 않는다"라고 말했다.

어제, 오늘 그리고 내일의 우리의 모습은 삶의 태도에 의해 결정된다. "욕지미래선찰이왕(欲知未來先察已往) : 미래를 알고 싶으면 먼저 지나간 날들을 살펴라" 명심보감(明心寶鑑)에 나오는 말이다.

어제는 경험이었고, 내일은 희망이며, 그리고 오늘은 경험을 희망으로 옮기기 위해 최선을 다하는 순간으로 만들자. 과거는 이미 과거 속에 있지 않고 미래도 미래 속에 있지 않다. 오직 현재만이 확실하다. 켄 블랜차드(KenBlanchard, 1939, 미국)는 "과거에서 배우는 것은 좋은 일이다. 그러나 과거 속에서 사는 것은 시간 낭비이다. 미래를 계획하는 것은 좋은 일이다. 그러나 미래를 살아가는 것 또한 낭비. 현재를 살아갈 때 비로소 가장 행복하고 가장 생산적이다"라고 말했다.

러시아의 문호 톨스토이(LevNikolayevichTolstoy, 1828~1910)의 저서 『살아갈 날들을 위한 공부』에 이런 유명한 구절이 나온다. "당신에게 가장 중요한 일은 지금 하고 있는 일이며, 당신에게 가장 중요한 사람은 지금 만나고 있는 사람이다"라고 했다. 앞으로 천 년이나 더 살듯이 그렇게 행동하지 말고 하루하루를 치열하게 단 하루만 산다는 마음으로 살아가자. 과거나 미래보다 오늘, 바로 지금이 가장 중요하다.

1996년 노벨문학상 수상자인 쉼보르스카(Wislawa Szymborska,

1923, 폴란드)의 「두 번이란 없다」는 시(詩)가 눈에 든다.

  '두 번 일어나는 것은 하나도 없고/일어나지도 않는다. 그런 까닭으로/우리는 연습 없이 태어나서/실습 없이 죽는다//인생의 학교에서는/꼴찌라 하더라도/여름에도 겨울에도/같은 공부는 할 수 없다//어떤 하루도 되풀이되지 않고/서로 닮은 두 밤도 없다/같은 두 번의 입맞춤도 없고/하나같은 두 눈 맞춤도 없다'.
  풍부한 영감으로 인생의 유한성(有限性)과 유일성(唯一性)을 편하고 쉬운 언어로 표현한 시가 가슴을 울린다.

  갑진년 새해에는 아니 오늘부터는 이 순간을, 독서와 철저한 자기관리로 삶의 미래를 뚜벅뚜벅 준비해 보자. 아름다운 꿈을 이루고 희망찬 내일을 위하여!

2023. 12. 20.

한 해를 보내며

한 해 동안 베푼 사랑, 나눔, 배려, 감사를 생각해보자

2024년의 달력은 마지막 잎새처럼 한 장 남아 달랑인다. 옛사람들은 세월이 화살처럼 빠르다고 했다. 장자(莊子, BC 369~BC 286)의 『지북유(知北游)』에 나오는 말로 백구과극[白駒過隙 : '흰 망아지가 빨리 달리는 것을 문틈으로 본다'는 뜻으로, 인생(人生)이나 세월(歲月)이 덧없이 짧음]이라는 말이 있다. 인생은 문틈 사이로 흰말이 휙! 지나가는 것과 같다. 눈 깜짝할 사이에 지나가 버리는 찰나의 인생, 허공에 밑줄 그으며, 사라지는 별똥별처럼 살 수 있다면 그래도 다행일 거다.

미국 작가 잭 런던(Jack London, 1876~1916)은, 『야성의 부름(The Call of the Wild)』에서 "나는 먼지가 되느니 차라리 재가 되겠다! 나는 내 불꽃이 썩음에 의해 억눌리기보다는 찬란한 불꽃 속에서 타오르는 것을 선호한다. 나는 차라리 졸리고 영구적인 행성보다는 나의

모든 원자가 장엄하게 빛나는 멋진 유성이 되고 싶다. 인간의 역할은 살아가는 것이지 존재하는 것이 아니다. 나는 그것들을 연장하려고 노력하느라 내 날들을 낭비하지 않을 것이다. 나는 내 시간을 사용할 것이다.(I would rather be ashes than dust! I would rather that my spark should burn out in a brilliant blaze than it should be stifled by dry-rot. I would rather be a superb meteor, every atom of me in magnificent glow, than a sleepy and permanent planet. The function of man is to live, not to exist. I shall not waste my days in trying to prolong them. I shall use my time.)"라고 했다.

목은(牧隱) 이색(李穡, 1328~1396) 선생은 포은(圃隱) 정몽주(鄭夢周, 1337~1392), 야은(冶隱) 길재(吉再, 1353~1419) 선생과 함께 삼은(三隱)의 한 사람이다. 선생은 고려 후기 문신이자 학자이다. 성균관 대사성으로서 신유학의 보급과 발전에 공헌하여 조선 초 성리학 부흥의 길을 열었다. 위화도회군(우왕 14, 1388)으로 우왕(禑王, 1365~1389)이 쫓겨나자 조민수((曹敏修, 1324~1390)와 함께 창왕(昌王, 1380~1389)을 옹립하고 이성계(李成桂, 1335~1408) 세력과 맞선 올곧은 선비다. 목은 선생의 「영설(詠雪 : 눈을 읊다)」을 감상하면,

송산창취모운황(松山蒼翠暮雲黃) 송악산 푸르름에 저녁 구름 물들더니
비설초래이석양(飛雪初來已夕陽) 눈발 흩날리자 이미 해는 저물었네
입야부지청료미(入夜不知晴了未) 밤 들면 혹시나 이 눈이 그치려나
효래은해냉요광(曉來銀海冷搖光) 새벽엔 은빛 바다에 눈빛이 차갑겠지.

가슴으로 한시를 읽어가니 어느덧 한 해가 또 하염없이 간다.

조선 시대 실학자 성호(星湖) 이익(李瀷, 1681~1763) 선생은 '세제(歲除)에 앞 시의 운을 사용해 짓다/세제용전운(歲除用前韻)' 중에서 "덧없는 인생은 그저 바람에 날리는 낙엽이니/(세제용전운)浮生但覺風飄葉"라고 했다.

낙엽은 인간에게 고마운 선물이다. 낙엽은 바람에 날아가면 잊히는 것이 아니다. 바람에 날려가더라도 다시 잎으로 되돌아온다. 지난 일은 사라지는 것이 아니라 사라지는 것처럼 보일 뿐이다. 있는 그대로 바라보는 시간을 많이 가질수록 행복한 삶이다. 바로 지금, 여기에서 아리따운 친구와 함께 맛볼 수 있는 기쁨을 만끽하자.

중국 당나라 시인 이백(李白, 701~762)은 '왕 판관에게 주다. 당시 나는 여산 병풍첩으로 돌아와 은거했다/증왕판관시여귀은거여산병풍첩(贈王判官時余歸隱居廬山屛風疊)'에서 "모두 바람에 날리는 낙엽처럼, 각기 흩어져 동정호 물결 따라 흘러간다[구표영낙엽(俱飄零落葉), 각산동정류(各散洞庭流)]"라고 했다. 동정호(洞庭湖)는 청해호(靑海湖), 흥개호(興凱湖), 포양호(鄱陽湖) 다음으로 중국에서 네 번째로 큰 호수로 엄청난 규모다.

창가에 앉아 사색에 잠길 때면, 철부지 어릴 적 추억이 새록새록 떠오른다. 여러 모임에 참석해보면 머리가 희고, 체형은 젊음을 뒤로하고 자꾸만 세월 따라 줄달음친다. 걸음걸이도 예전처럼 잰걸음으로 만만하게 걸을 수 없다. 눈을 감고 삶의 이력도 생각해보자. 삶도 요리하듯이 제대로 맛을 내고 있는지, 철학적인 사고로 음미해 보자. 생각과 말과 행동을 거울에 비춰보자. "고맙습니다", "사랑합니다", 이 한마디가 삶 전체를 아름답게 한다. "감사는 행복을 두 배로 만들고 슬픔을 반으로 줄인다"고 고대 로마의 정치가, 웅변가, 철학자, 저술가인 키케로(MarcusTulliusCicero, BC 106~BC 43)는 말했다.

해가 바뀔 때면 반성, 기쁨, 감사와 사랑, 배려, 용서와 화해를 구하지 못한 일에 대한 후회도 있다. 그러나 모두가 과거 속으로 흘러간다. 인생은 무엇인가? 유자 향기 그윽한 들판이나 사철 꽃피는 첨찰산인가? 벽파진 앞바다를 지나 굽이굽이 흐르는 물결이요, 크고 작은 파도인가?

하고자 하는 일을 못 했는데 그 일을 꼭 해야 할 일이라면, 실망하지 말고 젖 먹던 힘까지 다해 다시 도전하자. 눈 덮인 야산이 더 푸르듯, 생명의 촛불은 마지막이 더 빛난다. 사람과 사람 사이의 인연이나, 세상의 어떤 일과도 그 소중함을 사랑하자. 떠나가는 한 해에 감사하며, 작은 것 하나라도 소중히 여기며 충실히 살아가자. 새로운 시작은, 우리의 삶을 자연의 흐름에 맡기고 희망을 품고 기다리며 뚜벅뚜벅 걸어보자.

2024. 12. 01.

새해 새 아침

날로 새롭고 날마다 좋은 날

동지가 코앞을 홀연하게 지났다. 어느새 계묘년이 저물고 갑진년 새해가 왔다. 해마다 새해 새 아침엔 저마다 새로운 계획을 세우고 희망을 품는다. 지난해 무엇을 했는가? 바쁘게 살아오면서, 다짐한 약속은 지켰는가? 세상을 위해 작은 무엇이라도 했는가? 사람들은 한 해 한 해 속고 산다고 말한다. 그러나 내일에 대한 희망, 미래에 대한 꿈이 없다면 사람들의 삶은 처연해질 수 있다. 묵은해의 아쉬움을 씻고, 갓 태어난 마음으로 갑진년 새해를 맞이하고 싶다.

세월에 속더라도, 내일에 대한 희망, 미래를 기약하는 꿈이 있다. 인간은 꿈을 먹고 사는 동물이다. 죽는 순간까지도 죽을 줄 모르고 꿈을 안고 간다. 새 아침이 오면 분홍빛 꿈을 머릿속에 그린다.

삶의 어려운 고비마다 희망과 꿈이라고 하는 진정제가, 아픔을 잊게 해주는 마취제 구실을 한다. 새해에도 힘들고 어려운 일, 아픔들이 우리를 기다리겠지만, 여러 일을 계획하고 그 일이 이루어지기를 바란다.

"구일신 일일신 우일신(苟日新 日日新 又日新) : 진실로 나날이 새로워지고 하루하루 새로워지며, 또 날로 새로워지라"는 말이다. 우리는 흔히 "일신우일신(日新又日新) : 날로 새롭고 또, 날로 새로워짐"이라는 말로 약해서 사용해 왔다. 이 말은 탕왕[湯王, 기원전 ?~기원전 1589, 상(商)나라 초대 왕]의 세숫대야에 새겨진 글이었다. 이를 탕지반명(湯之盤銘)이라고 한다. 탕왕은 왜, 이글을 그의 세숫대야에 새겨 넣었을까? 그것은 하나라(夏, BC2070?~BC1600?)를 멸망의 길로 이끌었던 걸왕(桀王, ?~BC1600?)의 전철을 밟지 않으려는 뜻에서였을 것이다. 탕왕은 걸왕을 반면교사(反面敎師)로 삼아 세숫대야에 새기고 날마다 마음을 다잡았을 것이다. 자신을 돌아보고 몸뿐만 아니라 진부한 마음까지 닦아내고 정신적으로 자신을 새롭게 하기를 희망했기 때문일 것이다. 오늘에 만족하지 않고 늘 새로운 마음가짐과 자세를 갖고, 하루하루 꾸준히 실천하여 날로 발전하는 삶의 모습을 새겨가자.

『벽암록(碧巖錄)』은 중국 당나라 이후 불교 선승(禪僧)들이 전개한 대표적 선문답(禪問答)을 가려 뽑아 설명한 책이다. 이 책은 설두중현(雪竇重顯, 980~1052) 선사(禪師)가 펴낸 『송고백칙(頌古百則)』에 원오극근(圓悟克勤, 1063~1135) 선사가 또다시 문제 제기와 해석을 첨가한 것이다. 『벽암록』에 있는 선문답 한 가지를 보면, 운문선사[雲門禪師 : 운문문언(雲門文偃, 864~949)]가 묻는다. "그대들의 15일 이후를 말해 보라." 운문선사가 스스로 답변했다. "일일시호일(日日是好日) :

날마다 좋은 날이다"(『벽암록』 제16칙) 매일매일 좋은 날이 되어야 한다는 가르침이다.

우리는 햇빛, 공기, 물, 땅, 나무, 모든 자연으로부터 끊임없이 은혜를 입고 산다. 낳아주시고 길러주신 부모님, 스승, 함께 살아가는 친구의 은혜가 있다. 하루 세끼 음식도 농부들의 땀방울과 정성이다.

인생을 살아가면서 감사함을 아는 사람과 감사함을 모르고 사는 사람이 있다. 누구나 잘못을 저지를 수 있다. 실낱같은 희망을 주던 사람이나, 설렘으로 가슴에 스며들었던 사람, 혹은 칼날에 베인 듯이 시린 상처만을 남겨 준 사람이라도, 떠나가는 마지막 모습은 아름다운 사람이 되도록 하자.

김형석 교수의 『100년 산책』의 「인생은 무엇을 남기고 가는가」에서 "'짐승은 죽어서 가죽을 남기고, 사람은 이름을 남긴다'라는 속담이 있다. 명예는 남는다는 생각으로, 살아있을 때는 명예욕의 노예가 되기도 한다. 남는 것이 있다면 '감사하다'라고 하며 사랑을 나누었던 사람들과의 마음이다"라고 설파했다.

길은 찾는 게 아니라 만들어 간다. 누구도 두 길을 동시에 걸을 수는 없다. 중국 근대문학의 아버지 루쉰[魯迅(노신), 1881~1936]은 "본래 땅 위에는 길이 없었다. 걸어가는 사람이 많아지면 그것이 곧 길이다"고 했다. 프랭크 시내트라(Francis Albert Sinatra, 1915~1998, 미국)의 '마이 웨이(My Way)'도 있다. 특히 삶의 벼랑 끝에 몰린 로버트 프로스트(Robert Frost, 1874~1963, 미국)에게 퓰리처상을 안겨준 시 '가지 않은 길(The road not taken)'의 종장은 늘 새롭게 위로를 준다.

I shall be telling this with a sigh/ Somewhere ages and ages hence:/ Two roads diverged in a wood, and I—/ I took the one less traveled by,/ And that has made all the difference.

(나는 한숨을 쉬며 말하겠죠./ 까마득한 예전에:/ 두 갈래 길이 있었습니다. 그리고 나는—/ 나는 사람들이 적게 간 길로 나아갔고,/ 그것이 모든 것을 바꾸었다고.)

삶의 길 선택에 어찌 두 길뿐이랴! 삶의 길은 매 순간 선택이다. 자신이 선택한 대로 만들어 가고 그 선택으로 삶의 방향이 바뀐다. 시인은 말한다. 새는 날면서 뒤돌아보지 않으며, 바다는 고향이 없다고….

산에 가면 가끔 한적한 곳에 혼자 피어 있는 아름다운 꽃을 본다. 그 꽃은 보는 사람이 없어도 홀로 맑은 향기를 풍기며 피고 진다. 아름다움이나 향기 다툼도 하지 않고, 그냥 그대로 유유히 산다. 삶은 이 꽃처럼 '남과의 경쟁'이 아니고 '그냥 자신답게 사는 것'이다.

새해에는 힘들고 어렵게 살아가는 사람에게 희망과 행복을 열어주고, 밝음과 희망찬 한 해가 되게 하소서! 국운이 열리고 소망하는 일들이 이루어지게 하소서!

2024. 01. 01.

새해를 맞으며

소나무처럼 푸르게 높은 곳을 보되 교만하지 말자

2025년은 을사년(乙巳年)으로 푸른 뱀띠의 해이다. 뱀은 십이지신 중 6번째로서 지혜와 야망이 많은 동물이다. 곤경에 처하더라도 굴하지 않고 무슨 일이든 스스로 해결하려고 한다. 푸른 뱀이 새해를 맞아 똬리를 틀고 솟구치려 하고 있다. 날마다 같은 태양이지만, 새해 첫날에 뜨는 해는 유난히 다르다. 새해 초하루에 뜨는 해는 누구나 바라는 소원을 들어줄 것만 같아 굳은 결심을 한다. 새해에는 계획한 일을 이루고 말 것이라고 다짐한다. 매번 작심삼일로 끝났어도 되풀이한다.

을사년은 60간지 중 42번째의 해다. 60년마다 찾아오는 을사년에 일어난 주요 사건은 다음과 같다. 1545년(명종 즉위년) 을사사화(乙巳士禍)는 조선 왕실의 외척인 대윤(大尹) 윤임(尹任, 1477~1545)과 소윤(小尹) 윤원형(尹元衡, 1503~1565)의 반목으로 일어난 사림(士林)

의 화옥(禍獄)으로 소윤이 대윤을 몰아낸 사건이다.

1905. 11. 17. 을사늑약(乙巳勒約 : 원명은 한일협상조약이며, 제2차 한일협약, 을사5조약, 을사조약이라고도 한다)은 일본이 한국의 외교권을 박탈하기 위해 강제로 체결한 조약이다. 그 당시 흉흉하고 스산하며 쓸쓸한 나라 분위기가 '을사년스럽다'로 표현되다가 '을씨년스럽다'라는 말로 변했다. '을사년'은 흔히 쓰는 표현인 '을씨년스럽다'의 어원이기도 하다.

1965. 6. 22. 대한민국과 일본은 도쿄에서 '한-일 양국의 국교 관계에 관한 조약(기본조약)'을 조인함으로써 수교했다. 다가오는 2025년이 걱정된다. 얼마 전 사상 최고의 폐업률을 기록하고, 국내외적으로도 평탄한 상황은 아닌데 정치 상황 또한 불안정하다. 그러나 을사년에 활약할 '푸른 뱀'은 곤경에 처하더라도 굴하지 않고, 지혜로운 동물이기에 혹시라도 찾아올 위기를 전화위복으로 삼을 수 있을 것이라 기대한다.

풍요롭고 행복한 날만 바라면 안 된다. 힘들다고 포기하면, 항상 현재의 처지에 머물게 된다. 잠시 고통스러워도 참고 견디면, 풍요롭고 행복한 때가 오기 마련이다. 세상은 마음먹기에 따라 달라진다. 언제나 긍정적인 마음으로 노력하면, 행복은 따라온다. 작은 일에도 감사하며 남을 위하여 배려하면, 그 행운이 나에게도 돌아온다. 다른 사람을 위해 베풀면 다시 돌아 나에게로 오는, 삶의 법칙인 부메랑 효과(Boomerang Effect)다. 새해에는 누구나 자신의 말과 행동에 책임을 질 줄 아는 한 해가 되었으면 좋겠다.

이웃이 굶주리면 같이 나눠 먹고, 아플 때는 같이 아파하며 고통을 나누는 세상이 되었으면 좋겠다. 이기적인 마음으로 '나'만을 위한 삶보다는 누구나 한 나라의 국민으로 평등한 혜택을 받아 행복한 삶을 누렸으면 하는 바람이다. 네 탓이 아니라 내 탓이요. 내 잘못임을 인정하고 서로 믿음으로 살아가는 신용사회의 해가 되었으면 한다.

모든 사람의 계획이 성취되어 행복을 누렸으면 좋겠다. 독일의 고전주의 극작가요, 시인이며, 역사학자, 철학자인 프리드리히 쉴러(Johan Christoph Friedrch von Schiller 1759~1805)는 "시간의 걸음에는 세 가지가 있다. 미래는 주저하면서 다가오고, 현재는 화살처럼 날아가고, 과거는 영원히 정지하고 있다"라고 했다.

12월 31일이나 1월 1일은 똑같은 하루다. 오늘 이 시간도 1년 365일 중 하루의 시간이다. 그러나 우리는 새해를 맞이할 때마다 새로운 감회에 젖는다. 그것은 시간이 구분되어 있고, 그 시간의 흐름 속에서 우리가 마주하며 변해가고 있기 때문이다. 우리 모두 나이에 하나가 더 그려가는 사람으로서, 새해에도 하루하루를 소중히 여기며 복된 삶을 지혜롭게 만들어 가자.

새해는 어느 때보다도 중요한 해이다. 정치적 분쟁으로 국민의 불신과 분열은 최고조에 달하고 있다. 경제는 세계적인 불황과 경제 대국 간의 갈등으로 국민은 어려움에 헐떡이고 있다. 안보 또한 내일을 점칠 수 없는 상황이다. 지금이 대한민국의 국운을 갈음하는 분기점에 서 있는 시기라고 말할 수 있다.

그러나 대한민국의 국민은 타고난 우수함과 불굴의 의지, 근면함을 갖춘 우수한 민족이 아닌가! 감성이 아닌 이성으로 정치와 교육력이 국력으로 모아만 진다면 세계 으뜸 국으로 설 수 있을 것이다.

고대 중국 춘추시대의 정치인·사상가·교육자이고, 노나라의 문신이자 작가이면서, 시인이기도 한 인류의 스승 공자(孔子, BC551~BC479)는 『명심보감(明心寶鑑)』「입교편(立教篇)」 공자삼계도운(孔子三計圖云)를 통하여 다음과 같이 가르치고 있다.

일생지계재어유(一生之計在於幼)/ 일생의 계획은 어릴 때에 있고,
일년지계재어춘(一年之計在於春)/ 한 해의 계획은 봄에 있고,
일일지계재어인(一日之計在於寅)/ 하루의 계획은 새벽에 있다.

목표와 실천계획을 잘 설정하면 그렇지 못한 사람과의 결과는 많은 차이가 있음을 생활 속에서나 주위의 성공한 사람을 통해서 절감할 수 있다. 무슨 일이나 과하면 잿빛이 된다. 과유불급(過猶不及)이요, 소탐대실(小貪大失)이다. 하늘을 보고 부끄럼이 없다면 늘 푸른 소나무가 된다.

새해에는 계획을 세워 푸르게 살아가자. 높은 곳에 올라도 교만하면 무너진다. 품격과 품위를 지켜가며 인간의 존엄을 거스르는 일을 말자.

2024. 12. 15.

날로 새롭게 나날이 새롭게

새로운 일에 도전하며 즐겁고 건강하게

2025년 새해가 밝았다. 뒤숭숭하다. 한 치 앞이 보이지 않을 정도의 정국, 팍팍한 살림살이, 안타까운 참사 등등 조심조심 살얼음판을 살피듯 송구영신한다. 음력으로 1월 1일(양력 1월 29일) 설날부터 을사년이 시작된다. 60갑자로 해를 세는 전통으로, 2025라는 숫자보다 '을사년'에 눈길이 쏠린다. 을씨년스럽지 않고 지혜로운 해가 되길 소망한다.

2025년 을사년(乙巳年)은 어떤 해가 될까. 우리 역사 속에서, '을사'라는 말 뒤에 으레 '늑약(勒約)'이니 '오적(五賊)'이니 하는 말을 되뇐다. 1905년(을사년) 일본 제국의 조선 침략을 위한 강제 협약, 즉 '늑약'이 있었고, 주권의 상징인 외교권이 박탈당해 통감부가 설치되었다. 일본의 조선 강점은 1910년부터 이루어졌다고 하지만, 실제 강점은 1905년 을사년부터 시작되었다. 그런 점에서 1905년은 나라를 잃은 해였다. 말 그대로 재갈이 물려 강제로 이뤄진 늑약이었지만, 자신의 안위를 위해 나라를 판 사람들도 있었다. 이 늑약이 이뤄지도록 불법적으로 찬성하고 도장을 찍은 이지용, 이근택, 박제순, 이완용, 권중현을 '나라 팔아먹은 사람'으로 을사오적이라고도 부르며 역사 속에서 현재도 진행형이다. 이는 우리 역사에서 치유하기 힘든 상처를 안겼다.

'구일신 일일신 우일신(苟日新 日日新 又日新)'은 대학(大學)에 나오는 한자 명언으로, '진실로 하루가 새로워지려면, 나날이 새롭게 하고, 또 날로 새롭게 하라'는 뜻이다. 중국 고대 은(殷=商, B.C. 1600?~B.C. 1046)나라의 탕왕(湯王 B.C. 1600?~B.C. 1589)이 세숫대야에 새겨놓은 좌우명에서 비롯된 것으로 알려져 있다. 날로 새롭게 꾸준히 실천하여 나날이 발전하라는 삶의 여정(旅程)을 당부하는 뜻깊은 의미를 담고 있다. 탕지반명(湯之盤銘)은 예나 지금이나 우리가 가슴 깊이 새겨야 할 글귀가 아닌가 싶다. 현실에 자족하지 말고 늘 새로운 마음가짐과 자세를 가져야 한다. 새로워지려 하는 것은 세계와 접촉하는 일이다. 그러면 생존의 힘으로 계속 새로워진다. 새로운 것으로 바뀌어 달라지는 것을 우리는 변화라고 한다. 변화에 적응해야 살아남는다. 삼라만상은 바뀌며 움직인다.
몸을 깨끗하게 하는 것뿐만 아니라 자신을 돌아보고 성찰하여 현실에 안주하려는 마음을 깨끗이 닦아내고 항상 새롭게 하기를 바란다. 오늘에 만족하지 말고 늘 새로운 마음가짐과 자세를 가져야 한다.

살면서 하루에 오만가지의 생각을 한다. 그런데 주로 과거의 생각에 빠지고 후회하는 생각을 많이 하면서 부정적인 고민에 빠진다. 하루는 너무 빨리 지나간다. 새로움을 찾아야 한다. 새로운 생각은 주로 긍정적이어야 하고자 하는 의욕이 솟는다. 매일 새롭게 웃는 얼굴로 배려·격려·소통·존중·감사·솔선수범의 생활을 하면 인생이 바뀐다.

우리는 때로 체념상태에서 일종의 정신적인 장애를 경험할 때가 있다. 스스로 등 뒤에 꼬리표를 달고 이마에 낙인을 찍는다. 잘못된 것에 저항할 생각도 안 하고 변화를 포기하고 자기연민에 빠져든다. '나는 안 되는 사람이다. 어차피 못하는 사람이다. 무능력자다'라고 스스로 낙인을 찍는다. 변화하고 싶으면서도 불평하고 투덜댄다. 자신은 전혀 변하지 않으면서 좋은 열매만 따기를 원한다. 책임은 남에게 전가한다. 반성 없는 게으름과 잘못된 고정관념이 우리를 나태하게 만든다.

깨끗한 물도 고여 있으면 썩는다. 사람은 움직여야 건강하다. 몸이 건강해지려면 튼실히 먹고 많이 움직이며 긍정적인 생각을 해야 한다. 건전한 정신으로 항상 새로운 것에 도전하자. 머리를 사용하고 자신에게 없는 것이 많다고 아쉬워 말자. 적더라도 가진 것에 감사하자. 나이·성별에 관계없이 누구나 도전할 일은 열려 있다.

세상을 새롭게 하는 데는 누구보다도 위정자들의 몫이 크다. 국민이 새로워짐을 자각할 때 정치는 바로 새로워지고 아름다워진다. 주(周, BC 1046~BC 256)나라의 무왕(武王, ? ~BC 1043)은 백성을 다스리는데 필요한 덕목의 하나로 백성 스스로 새로워져야 한다고 역설했다. '작신민(作新民) : 새롭게 태어나는 백성으로 만들어야 한다'는 것이다. 국민은 위정자를 본받는다. 새로운 국민으로 태어나게 하려면 위정자 스스로 새롭게 변해야 한다. 위정자가 '큰 바위 얼굴'이 되면 국민도 새로운 모습으로 바뀐다. 사회 구성원 모두가 새로워지려고 하는 자각(自覺) 운동이 널리 퍼져 실천될 때 사회는 급속히 발전한다. 정치체제를 바꾸고 위정자 한 사람을 교체하는 일보다 사회 구성원의 생각과 행동이 감성이 아닌 이성적인 판단으로 실천해야 한다. 치우친 감성보다는 이성적인 판단으로 접근하여 새롭게 행하는 것이 자각의 정치다.

 매일의 순간을 '생의 마지막 날'이라고 생각하며 살 수만 있다면 우리의 삶은 바뀔 수 있다. 누구나 주어진 소중한 시간을 어떻게 활용할 것인가를 고민할 것이다. 경험하지 못했던 일을 꿈꾸고, 하지 않았던 새로운 일을 하게 될 것이다. 지금부터 새롭게 우리의 버킷 리스트(bucket list : 죽기 전에 해보고 싶은 일들을 적은 목록)를 정비하고 늘 새로운 일에 도전하자. 을사년의 선입견을 툭 털고 하루하루가 화창하며 당당하게 바뀌도록 즐겁고 건강하게 죽죽 나아가자.

2025. 01. 06.

나무를 심고 가꾸자

진도로 가자! 예도(藝都) 진도는 언제나 행복한 꽃길이다

봄! 봄이다. 희망의 나무가 상글거리며 속삭인다. 남녘으로부터 봄바람이 꽃소식과 함께 봄을 머금고 성큼 다가왔다. 세상이 어려우니 겨울은 더 혹독하였다. 그렇지만 봄꽃은 봄바람과 어울려 어김없이 꽃망울을 내밀고, 여린 새싹들도 힘찬 생명의 기운으로 용트림하고 있다.

4월 5일은 식목일이다. 이날의 제정 유래를 한국민족문화대백과사전(https://encykorea.aks.ac.kr)에서 살펴보면, 신라가 당나라의 세력을 한반도로부터 몰아내고, 삼국통일의 성업을 완수한 677년(문무왕 17) 2월 25일에 해당하는 날이다. 또한 조선 성종이 세자·문무백관과 함께 동대문 밖의 선농단에 나아가 몸소 제를 지낸 뒤 적전(籍田)을 친경(親耕)한 날인 1493년(성종 24) 3월 10일에 해당하는 날이기도 하다.

이처럼 이날은 통일 성업을 완수하고, 왕이 친경의 성전(盛典)을 거

행한 민족사와 농림사상에 매우 뜻있는 날일뿐만 아니라, 계절적으로 청명(淸明)을 전후하여 나무 심기에 좋은 시기이므로, 1949년 대통령령으로 「관공서의 공휴일에 관한 건」을 제정하여 이날을 식목일로 지정하였다.

그 뒤 1960년에 식목일을 공휴일에서 폐지하고, 3월 15일을 '사방(砂防)의 날'로 대체 지정하였으며, 1961년에 식목의 중요성이 다시 대두되어 공휴일로 부활하였다. 1982년에 기념일로 지정되었으나, 2006년부터 다시 공휴일에서 폐지되었다.

우리나라는 국토의 64%가 산림이다. 그러나 목재로 활용할 수 있는 가치 높은 나무는 많지 않다. 산이 벌거숭이였을 때는 어쩔 수 없었지만, 이제는 인재를 양성하듯 나무를 가꿔가야 한다. 지역에 맞게 나무를 심고 주변의 풀을 베고 가지를 쳐주고 솎아베기 등 꾸준한 관리를 해줘야 임업 선진국의 반열에 설 수 있다. 산림의 가치를 높일 수 있도록 지혜를 모아 희망의 나무를 심자. 묘목을 심어 꿈을 키워보자.

땀과 열정으로 국토녹화에 앞장서 온 진도군 산림조합(허용범 조합장)도 3월이면 진도군 산림조합의 나무 시장이 열리는데 1인 1 나무를 무료로 나누어 준다. 각종 정원수, 유실수를 비롯해 초화류까지 취향에 맞는 수종을 선택하여 구입할 수도 있다. 산림경영지도원으로부터 나무를 심고 관리하는 방법 등 상담도 함께 받을 수 있다.

프랑스 장 지오노(Jean Giono, 1895~1970)의 『나무를 심은 사람』이 던진 교훈은 크다. 1953년 『리더스 다이제스』에 처음 연재된 소설은 이듬해 미국의 『보그(Vogue)』지에서 『희망을 심고 행복을 가꾼 사람』이라는 제목으로 첫 출판 된다. 처음 발표된 이후로 13개국 언어로 번역되며 지금까지 큰 사랑을 받고 있다. 죽을 때까지 묵묵히 나무를 심은 노인이 황폐하고 스산한 황무지와 근처 마을 사람들의 절망과 증오를 숲과 희망으로 바꾼 기적에 어떤 부연 설명이 필요하랴. 나무는 자신의 삶을 다 바쳐 우리 삶을 지켜준다. 지구온난화를 막기 위해 탄소 중립 실천과 나무 심기의 중요성이 더욱 강조되고 있다. 나무는 맑은 공기로 인류와 숲의 생물을 보호하고 기후변화를 완만하게 지켜준다. 나무는 아름답고 푸른 경관으로 힘들고 지친 마음을 달래준다. 우리의 주변에 뿌리를 내리고, 숲이란 이름으로 늘 함께한다.

케냐 출신의 환경운동가, 여성 인권 운동가, 민주화 운동가이자 2004년 노벨평화상을 수상한 왕가리 무타 마타이((Wangari Muta Maathai, 1940~2011)는 "나무는 행동의 상징이다. 내일 변화가 오지 않더라도 약간의 차이는 분명 생긴다. 작은 차이의 첫걸음은 나무를 심는 것이다"라고 말했다.

숲은 하루아침에 이뤄지지 않는다. 모든 일에는 끈기와 노력이 중요하다. 아이들은 숲에서 뛰어놀고, 임산부는 자연 속에서 힐링하도록 올봄에는 꼭 나무를 심어보자. 우리는 어디서든 나무를 심는 사람이어야 한다. 지금은 작은 씨앗이지만 그것이 누군가를 북돋고, 고단한 삶을 바꿀 수 있다. 스스로에게도 도움이 되며 살아가는 일들이 나무를 심는 것과 같다. 좋은 인연을 만나 씨앗으로 가족이란 나무를 키우고 다시 새로운 가족이란 열매를 맺는 과정은 사회생활로 연계된다.

우리가 살아가는 이 세상은 숲이다.

봄철에 나무를 심는 일은, 아이를 학교에 보내는 것과 같다. 교육은 나무를 심는 것과 같다는 말이다. "군간종수탁타전이지관리가양인(君看種樹橐陀傳移之官理可養人 : 그대 종수곽탁타전을 보았겠지, 그의 나무 심는 법을 정치로 옮기면 백성을 기를 수 있다네)." 『고문진보후집 권오(古文眞寶後集 卷五)』에 당(唐)의 유종원(柳宗元, 773~819)이 지은 『종수곽탁타전(種樹郭橐駝傳)』에서 곽탁타(郭橐駝)의 식목 요령을 내세워 나라를 다스리는 이치를 설파한 교훈적인 내용이다.

우리 진도군은 봄이면 온통 꽃길이다. 김희수 진도군수의 꽃 사랑으로 꽃길에서 꽃향기를 만끽한다. 꽃 가꾸기로 군민의 심성을 바르게 하려는 깊은 뜻이 숨어있으리라. 계획성 있게 꽃과 나무를 심고 있겠지만, 사철 꽃피는 고을을 만들기 위해서는 곳곳에 맞게 연차적으로 청사진을 보듯 세세하게 추진하는 것이 훗날까지 행복한 군정이다.

꽃길을 걷고 싶다면 예도(藝都 : 예술 문화의 수도) 진도로 가자! 진도는 언제나 행복한 꽃길이다.

2025. 04. 01.

Ⅳ. 마음밭을 가꾸자

마음 밭을 가꾸자

행복의 꽃향기를 바란다면

봄바람이 살랑살랑 나부끼니 이곳저곳에서 새싹들이 봄노래에 맞춰 기지개를 켠다. 꽃샘추위 지나니 산뜻한 봄날이다. 쑥이 고개를 들자 시샘하듯 여린 미나리도 손바닥을 내민다. 서리를 맞으며 겨우내 이겨 낸 미나리는 해독작용이 뛰어나고 간 기능을 개선한다. 『한국시조선(韓國時調選)』에 작자 미상의 봄 미나리 예찬 시가 있다. '겨울날 따스한 볕을 님 계신 데 비추고자/ 봄 미나리 살찐 맛을 님에게 드리고자/ 님이야 무엇이 없으랴마는 내 못 잊어 하노라'.

그 추운 겨울을 이겨내고 파릇파릇 윤기 나는 미나리를 보면서 임을 그리워하는 시다. 이 시에서 미나리는 사랑이다.

「심춘(尋春 : 봄을 찾다)」이란 작자 미상의 한시를 살펴보면,

'盡日尋春不見春(진일심춘불견춘)/ 芒鞋遍踏朧頭雲(망혜편답롱두운)/ 歸來偶
過梅花下(귀래우과매화하)/ 春在枝頭已十分(춘재지두이십분)

하루 종일 봄을 찾아다녀도 봄은 보지 못하고/ 짚신이 다 닳도록 언덕 위의 구름
따라다녔네./ 허탕 치고 돌아와 우연히 매화나무 밑을 지나는데/ 봄은 매화 가지 위
에 이미 한창이더라.'

남송의 유학자인 나대경(羅大經, 1196~1242)이 지은『학림옥로(鶴
林玉露)』(1251년 간행) 제6권에 '이름 모를 비구니의 오도송[悟道頌
: 고승(高僧)들이 부처의 도(道)를 깨닫고 지은 시가(詩歌)]'으로 게
재되었다. 작자가 불분명하지만 넓게 전해져 오는 수작(秀作)이다. 도
(道)나 사랑도, 행복도 멀리 있는 것이 아니라 가까이에 있음을 깨닫
게 한다.

조선 21대 영조(英祖, 1694~1776) 때 평양 기생인 매화가 지은 시
조를 감상하면 '매화 옛 등걸에 봄철이 돌아오니/ 옛 피던 가지에 필만
도 하다마는/ 춘설이 난분분하니 필동말동 하여라.' 자신의 이름과 매
화를 동일시하여, 멀어진 연인의 마음을 얻고자 자신과 비유되는 고목
에 매화가 다시 피기를 바라는 심경을 표현한 작품이다. 봄을 먼저 알
리는 매화를 빨리 보고 싶은 마음은 예나 지금이나 마찬가지이다. 매
화는 사군자 중 하나로 선비들의 사랑을 받았다. 눈 쌓인 들판에 나귀
타고 매화를 찾는 탐매(探梅)의 풍경을 담은 그림과 글들이 많이 전
한다. 옛 선비들은 매화의 백옥 같은 자태와 맑고 고운 절개를 사랑했
다. 얼어붙은 겨울, 엄동을 뚫고 피어난 매화를 선비들은 군자 같다고
해서 지극히 사랑한 꽃으로 유명하다. 화려하지 않지만 은은한 향으로

사람의 마음을 사로잡는 매화는 조용히 피어나 겨울이 끝나고 봄이 왔음을 알리는 전령사로서 제 역할을 이름대로 해낸다.

꽃샘추위로 찬바람이 매서워도 하늘은 이미 봄이고 남향 비탈은 벌써 냉이와 쑥이 새싹을 틔우고 손짓한다. 세월은 마냥 제 길을 알고 찾아오니 감사하다. 예부터 내려오는 입춘첩의 '입춘대길(立春大吉) 건양다경(建陽多慶)' 문구에는 봄을 기다리는 마음과 한 해의 행운과 경사스러움이 가득하기를 기원하는 의미가 담겼다. 자연은 봄바람을 타고 온누리에 행복을 안기며 지상에 생명의 꽃판을 차린다.

바람결에 실려 오는 흙 내음은 코끝을 간질인다. 나뭇가지에 맺힌 새순이 햇빛에 고개를 내민다. 종달새가 사랑을 속삭이고 시냇물도 드맑고 투명하게 노래 부른다. 봄의 교향악이 따스한 햇볕 받아 바람 연주로 울려 퍼진다. 물가의 마른 갈대는 바람의 지휘봉에 맞춰 덩실덩실 춤을 춘다.

정직하고 성실한 봄이 다시 찾아왔다. 아직 찬 기운이 남아 있지만 역시 바람은 상쾌하다. 봄바람 나부끼면 나무는 연둣빛 새순이 돋아날 것이다. 이미 땅속을 뚫고 올라온 새순도 기지개를 켠다. 만물이 생동하는 봄은 축복의 계절이다. 생명이 약동하는 계절에 삶의 즐거움을 무엇으로 찾을까?

생명의 봄에 헛되이 시간을 보내지 말고 씨를 뿌리자. 따스한 마음밭에 무엇을 심을까? 마음이 머무는 자리에 희망의 꽃씨를 뿌려보자. 희망의 꿈은 누구나 크게 키울 수 있다. 꿈, 희망, 미래에 행복의 씨앗과 꽃씨를 뿌리고 가꾸어 보자.

을씨년스런 세상에 꿈과 희망을 행복의 꽃밭에 뿌리고 살뜰히 가꾸어 가자. 값비싼 행복의 열매들이 알알이 맺도록 사랑하는 사람들과 꽃잎처럼 싱싱한 생각을 나누고, 꽃향기처럼 달콤한 감정을 돋우어 보자. 마음 밭은 다른 사람이 심을 수 없다. 긍정적이고 낙관적인 밝은 삶은 나만이 가꿀 수 있고, 나만이 뿌릴 수 있다.

봄에 씨를 뿌리지 않으면 가을에 거둘 곡식이 없고, 후회해도 늦다. 콩 심은 데 콩 나고 팥 심은 데 팥 난다. 행복의 씨로 희망, 꿈, 사랑의 꽃씨를 심자. 행복의 꽃향기를 원한다면 희망의 씨앗을 뿌리자. 행복을 심는 사람, 행복을 사랑하는 사람은 늘 행복의 꽃단지를 품고 있다. 얼굴도 인생도 행복의 꽃을 닮아간다. 마음 밭에 어떤 씨를 뿌리고 가꾸겠는가? 마음 밭의 열매는 자신의 몫이다. 무엇이 절실한가? 간절히 원하고 준비하면 얻을 수 있다. 꽃씨 한 톨이 싹을 틔울 때까지는 삶에 대한 의지가 그만큼 간절하기 때문이다.

해남 문내면 출신의 법정 스님[박재철(朴在喆), 1932~2010]은 '마음이 밝으면 그곳이 곧 밝은 세상이다'고 했다. 또한 미국의 시인이자 사상가인 랄프 왈도 에머슨(Ralph Waldo Emerson, 1803~1882)은 '가슴이 시키는 일을 하라. 그것이 곧 너의 길이다'라고 했다. 마음 밭에 행복의 꽃향기를 바란다면 가슴의 문을 지금 활짝 열어, 뿌리고 가꾸어 보자.

2025. 03. 15.

5월은 가정의 달

가정 문화는 나라의 바탕

5월에는 '어린이날'(5일), '어버이날'(8일), '세계인의 날'(20일), '부부의 날'(21일) 등 가족을 위한 날이 많다. 그래서 5월을 '가정의 달'이라고 부른다. 더구나 1일은 '근로자의 날'이고, 15일은 '스승의 날'로 알려졌지만 '세계 가정의 날'(International Day of Families)이기도 하다. 공동체의 건강, 행복, 화목과 어울림을 위한 기념일이 많은 달이다.

1993년 UN이 가정의 중요성을 인식해 건강한 가정을 위해 모든 사회 구성원들이 적극적으로 참여하자는 취지로 제정한 후 전 세계 국가들이 5월 15일을 '가정의 날'로 기념하고 있다. 우리나라도 1994년부터 '세계 가정의 날' 기념행사를 하기 시작하였고, 2004년 2월 '건강가정기본법'에 따라 '세계 가정의 날'을 법정기념일로 지정했다.

영어의 '가족'을 의미하는 'family'는 원래 하인이나 노예를 뜻하는 라틴어 'famulus'에서 유래되었지만, 사람들은 종종 'family'의 어원에 관해 설명할 때 '아버지, 어머니, 나는, 당신을, 사랑합니다(Father And Mother, I Love You.)'의 첫 글자들을 합성한 것이라고 말하기도 한다. 5월 한 달 동안, 가정의 소중함과 가족의 의미를 되새겨보고, '사랑한다'고 표현해보자. 습관화하면 어느 때나 자연스럽게 '사랑한다'는 말을 할 수 있고 언제 들어도 어색하지 않고 화목하는 가정이 된다.

가정은 우리에게 어떤 의미이고, 얼마나 소중할까? 가정은 사랑의 결정체로 우리에게 무한한 잠재성 계발을 일깨우는 공간이다. 혈연관계로 맺어진 사람들의 운명공동체로 일상생활을 함께하며 사회의 규범과 기초적인 교육을 배워가는 곳이다. 가정은 우리 사회를 지켜가는 보루로 예나 지금이나 우리에게 마음의 안식과 신체의 휴식을 제공해주고, 기본적인 인성교육을 통해 삶의 방법을 배워가게 한다.

인간은 동서고금을 막론하고 가족의 소중함을 느끼며 살아간다. 『명심보감(明心寶鑑)』의 「치가(治家)」 편에 나오는 구절(句節) 중에 '[子孝雙親樂 家和萬事成(자효쌍친락 가화만사성) : 자식(子息)이 효도(孝道)하면 어버이가 즐겁고, 집안이 화목(和睦)하면 만사(萬事)가 이루어지느니라]'라는 말이 있다. 특히 농본사회에서 선조들은 가족의 힘이 곧 생산력과 직결되기에 끈끈한 가족의 유대가 중요시 여겨졌다. 오늘날에도 가정이 안정되어야 무슨 일이든 안심하고 할 수 있다는 점에서 가정의 소중함이 더욱 강조된다.

시대가 바뀌고 산업화, 정보화 시대로 급격하게 탈바꿈하며 가족의 형태도 다양하게 급변하고 있다. 가족의 규모도 대가족 중심에서 소가족(핵가족)중심으로 변하고, 오히려 졸혼, 비혼 등으로 가족이라는 개념이 약화 되는 모습이다.

또한, 가정은 결혼을 통해 구성된다고 볼 때 남녀 간 결혼이라는 것은 매우 중요한 일이라 할 수 있다. 그런데 오늘날 우리 사회에서 결혼 적령기가 점점 높아지고 있고, 더 큰 문제는 결혼 자체를 안 하거나 오히려 혼자 생활하는 것이 더 편하다는 분위기가 팽배해 있다. 결혼은 하더라도 처음부터 애를 낳지 않겠다고 다짐하고 결혼하여 저출산 문제는 날로 대두되고 있다. 여기에는 여러 가지 경제적·사회적인 이유가 있겠지만 저출산으로 인해 결국 기본적인 절대 인구의 감소뿐만 아니라 가정을 이루는 구성원의 수가 급격하게 줄어들어 가정의 기본 형태가 무너지고 있다.

가족을 챙기는 건 인간뿐만이 아니다. 가족애, 동료애가 넘치는 동물들을 쉽게 찾을 수 있다. 동물들이 등장하는 다큐멘터리에서 인간과 같이 가족이나 동료들과 서로 협력하는 동물들을 보면 경이롭다. 인간의 문화가 대개 전쟁 중심으로 발전해 온 것에 비해 동물들의 문화는 주로 평화적이고 상호 협력적으로 오랜 기간에 걸쳐 발전해 왔다.

남극의 황제펭귄들은 서로 부둥켜안은 채 하나의 털북숭이가 되어 추운 겨울밤을 이겨낸다. 영하 50도에 이르는 남극의 겨울, 황제펭귄들은 휘몰아치는 눈 폭풍과 추위를 견디기 위해 몸과 몸을 밀착시킨다. 가장 바깥쪽에 있는 동료의 등에는 새하얀 서리가 내리지만, 동료들과 체온을 나눈 몸 안쪽은 따뜻하다. 가장 안쪽의 온도는 가장 바깥쪽의 온도와 무려 10도가량 차이가 난다. 안쪽에 있던 펭귄들의 몸이 녹을 때쯤 외각의 펭귄들과 교대를 하는데, '허들링(Huddling)'이라 불리는 이런 동작을 끊임없이 반복하며 서로 협력해 체온을 유지한다.

허들링(Hudding)이란, 알을 품은 황제펭귄들이 한데 모여 서로의 체온으로 혹한의 겨울 추위를 견디는 방법으로 무리 전체가 돌면서 바깥쪽과 안쪽에 있는 펭귄들이 계속해서 서로의 위치를 바꾸는 것이다. 바깥쪽에 있는 펭귄들의 체온이 떨어질 때 서로의 위치를 바꿔가며 한겨울의 추위를 함께 극복한다. 황제펭귄은 동료들과 몸을 밀착시켜 눈 폭풍과 매서운 추위를 이겨낸다. 동물들도 생존을 위해 버팀목을 본능적으로 창안하여 이어가는 모습이 경이롭지 않은가. 이처럼 지구상의 모든 생물은 혼자서는 살아갈 수 없다. 이런 행동들이 무리의 생존과 번식을 위해 유전자에 새겨진 본능이라 해도, 이들을 통해 서로를 아끼고 보호하는 마음을 배운다면 삶이 더욱 풍요로울 것이다.

가정은 우리가 살아가는 가장 작은 사회라고 할 수 있다. 가정이 건강해야 사회도 건강할 수 있고, 나라도 튼튼해질 수 있다. 대한민국의 미래인 어린이들을 사랑하고, 낳으시고 길러주신 부모님의 은혜에 감사하며 공경하는 마음을, 스승의 은혜에 보답하는 마음을, 다시 한번 더 되새겨보고 우리 이웃을 아끼는 달이 되었으면 좋겠다. 미루지 말고 지금, 가족들에게 마음을 표현해보자. '가정의 달' 뿐만 아니라 수시로 진심을 담아 표현한다면 사랑의 온도는 높아질 것이다. 신뢰는 마음을 열게 하며 소통의 길로 인도한다. 아이들은 부모의 등을 보고 자란다. 부모는 아이의 표상이요, 아이는 부모의 거울이기도 하다.

온누리에 장미꽃이 만발하고 녹음방초가 우거져 아름다운 자태를 자랑하는 싱그러운 오월이다. 가족에 대해 생각하지 않는 달과 날이 없지만, 그래도 그 의미를 다시금 되새겨보자. 갈등하고 웃음 짓게 만드는 가족, 언제나 사랑이고 힘이다. 그저 특정한 날을 기념한다는 것으로 끝나 버리거나 연례적인 일회성 행사로 바라보지 말고, 가족뿐만 아니라 모든 이에게 관심과 애정을 가질 필요가 있다. 어느 때나 더 친밀하게 서로 간 존재의 가치를 높여 줌으로써 가정의 소중함과 고마움에 더욱 충실할 수 있는 시간을 보내면 어떨까? 건강한 사회는 건강한 가정 문화에서 출발한다. 가정 문화가 반듯해야 그 힘이 동력이 되어 공정한 사회, 정의로운 나라의 바탕이 된다. 건강한 가정 문화는 뿌리 깊은 나무로 바람에 흔들리지 않는다. 서로 배려·존중·감사·공감하며 '사랑합니다'라는 말과 '고마운 미소'를 미루지 말고 아리땁게 지금부터 꾸준히 실천해보자.

2023. 05. 01.

비리법권천(非理法權天)

민심이 천심이고 정도(正道)가 답이다

지구가 푹푹 찌는 '찜통더위'다. 온열 환자가 속출하고 있다. 폭염주의보를 폭염경보로 상향하는 곳이 많다. 이 더위에 진도문화원은 임원선거를 8월 30일에 하게 된다. 신입회원 문제가 뜨거운 감자다. 필자에게 몇몇 유력인사가 300명, 200명, 100명을 책임지고 입회시켜준다고 출마를 권장했다. 정중히 거절했다. 상대를 따라 하면 진도 문화를 신바람 불게 하는 주역이 아니라, 군민의 마음을 분열시키는 행태의 주역으로 남게 되는 역사가 두려워 서다. 염려해주신 분들께 죄송한 마음 담아 엎드려 인사드린다. 진도문화원은 명예의 전당으로 이어 가야 한다.

비리법권천(非理法權天)은 기원전 2세기 중국의 법가학파를 대표하는 사상가 한비자(韓非子, BC 280?~BC 233)가 군왕에게 고하는 글에서 유래하였다. '비(非)는 이치를 이길 수 없고, 이치는 법을 이길 수 없으며, 법은 권력을 이길 수 없고, 권력은 하늘(민심)을 이길 수 없다'는 엄한 가르침이다. 근대 일본의 법개념을 나타내는 말이기도 하다. 일본은 에도 중기의 역사가 이세 사다타케(伊勢貞丈, 1717~1784)가 남긴 「사다타케 가훈(貞丈家訓)」에 인용된 이후, 근대 일본의 법 관념을 나타내는 격언으로 받아들여졌다.

> 비불능승과리(非不能勝過理) 옳지 않은 것은 이치를 이길 수 없고,
>
> 이불능승과법(理不能勝過法) 이치는 법을 이길 수 없고,
>
> 법불능승과권(法不能勝過權) 법은 권력을 이길 수 없고,
>
> 권불능승과천(權不能勝過天) 권력은 하늘(민심)을 이길 수 없다.

이처럼, 천(天)은 모두를 초월하는 추상적인 하늘의 뜻을 가리킨다. 아무리 높은 자리에 올라도 권력을 악용하면 민심을 이길 수 없다. '비리법권천'은 천심 즉, 민심이 무서운 줄 알고 사리와 상식, 법과 원칙에 맞도록 처신해야 한다. '민심은 곧 천심이다'라고 하였다. 정치는 변화무쌍하고, 권력은 영원한 것이 아니다. 대를 이어 주는 상속 재산은 더구나 아니다. 많은 사람이 권력자 편이라 생각하면 오판이다.

권력자가 악법을 만들어 권력을 휘두르면 민심은 역행한다. 결국 모든 것이 부메랑으로 그에게 돌아간다. 정치는 힘이 있을 때 잘해야 한다. 공자(孔子, BC 551~BC 479)는 "정자정야(政者正也 : 정치는 바로잡는 것이다)"라고 말했다. 정치(政治)의 '政(정)'의 본뜻은 회초리를 들고 나쁘고 그릇된 천하를 바르게 한다는 뜻이다. 그런 추상(秋霜)같

은 행위를 기대하고 국민은 정치인에게 '권력'을 잠시 맡겼을 뿐이다. 공명정대하게 바로 세우는 것이 정치다. 위정자들은 역사의식을 가져야 한다.

'만일 악한 마음이 가득 차면 하늘이 반드시 벌을 내리리라' 『명심보감(明心寶鑑)』 「익지서(益智書)」에 있는 교훈이다. 이 말은 '사람의 마음속에 악한 생각이 가득 차 있다면 이는 이미 선(善)을 좋아하는 대자연의 섭리에 반(反)하는 행위여서 하늘의 뜻을 거역한 것이다. 그러므로 천벌을 받지 않을 수가 없다'라는 뜻이다. 『명심보감(明心寶鑑)』 「천명편(天命篇)」에 "자왈자식유죄부모청죄(子曰子息有罪父母請罪) 획죄어천무소도야(獲罪於天無所禱也) : 공자가 말씀하시기를 자식(子息)의 죄는 부모에게 빌면 되지만, 하늘에 죄를 지으면 빌 곳이 없다"고 하였다.

요즘 세상 돌아가는 이치를 보면 업보(業報)와 과보(果報)가 반드시 있고 자기가 저지른 일의 과보를 자기 자신이 직접 받는 자업자득(自業自得)도 헛되지 않다. 남의 눈에 눈물 내면, 자기 눈에 피눈물 난다는 옛말도 깨닫게 된다. 베푼 것만큼 돌아오고, 뿌린 만큼 거둔다. 인과응보(因果應報)요, 사필귀정(事必歸正)이다. 그래서 우리는 역사의 회귀성(回歸性)과 반복성(反復性)을 살핀다. 권력의 부침(浮沈)과 무상(無常)함도 공감한다. 하늘에는 예측할 수 없는 화(禍)와 복(福)이 있다는 『경행록(景行錄)』의 경구도 있다. 법 앞에서는 만인이 평등하다. 억누르는 법이 아니라 공동체적 삶의 규칙으로서의 법이다. 모든 일은 정도(正道)로 가야 한다. 정도가 문화의 정신적 지주로 정착되어야 한다.

법을 집행하는 공직자가 권력의 하수인이 되면 가장 피해를 보는 쪽은 힘없는 국민이다. 오래 가면 나라는 반드시 망한다. 모든 과정이 공정하고 정의가 살아 숨 쉬는 비리법권천(非理法權天)의 가르침을 가슴에 새겨야 삶이 아름다워진다. 어려운 시기일수록 정도(正道)가 답이다.

그리스의 철학자 소크라테스(Socrates, BC 470~BC 399)는 그가 부당한 판결을 받았음에도 독배를 마시고 죽었다. 부당한 법의 판결이지만 순응한 것으로 받아들여져서, 준법의 모범처럼 이해되고 있다. 내 주위에 있는 모든 사람이 행복하다면 내가 불행할 수 있을까? 비리법권천(非理法權天)의 의미를 가슴 깊이 새겨보자. 비리법권천의 근원은 상식이다. 상식이 통하는 사회는 비리법권천(非理法權天)이라는 어려운 말을 쓰지 않아도 그 안에서 답을 찾을 수 있다.

열심히 일하면 집을 살 수 있고, 꾸준히 공부하면 좋은 곳에 취직할 수 있는 바른 나라가 되어야 한다. 기회와 평등이 골고루 미치는 세상에서 개개인의 소질과 능력은 빛난다. '나라다운 나라'가 바로 정의로운 세상이다. 올곧게 상식이 통하는 세상을 만들어 가자. 우리나라의 정치 권력이 거듭나려면 이치에 맞는 법과 권력으로 민심을 반영해 진정성 있는 국가의 미래를 설계하는 것이다. 栗谷(율곡) 이이(李珥, 1537~1584) 선생은 지도자가 두려워해야 할 것은 권력을 잃는 것이 아니라, 국가의 미래를 잃는 것이라고 했다. 16세기 조선시대 사상가 교산(蛟山) 허균(許筠, 1569~1618)은 『호민론(豪民論)』에서 "천하에서 가장 두려운 존재는 오직 백성뿐이다. 정치의 목적은 백성을 위한 것"이라 했다. 백성(국민)은 하늘이다.

국민은 알파고보다 똑똑하다. 변화와 혁신을 통해 민심에 부응해야 한다. 2천 년이 지난 지금은 더욱더 그렇다. 진도문화원장은 무보수 명예직이다. 법고창신[法古創新 : 옛 법을 새로운 것으로 거듭나게 함. 온고지신(溫故知新)과 유사한 뜻] 하는 리더로 문화의 비전을 갖고 신바람을 일게 해야 한다. 우리 문화를 바로 세우겠다는 각오로 비리법권천(非理法權天)을 마음의 추로 삼아 소임을 다해야 진도 문화가 바로선다. 민심이 어디에 있는가를 살펴야 한다. 명실공히 예도(藝都 : 민속문화예술 수도) 진도(珍島)를 명예의 품격으로 드높이 세우는 주체는 진도군, 진도문화원, 진도예총이다. 그 중심에 진도군민이 맞잡고 가야 예도(藝都) 진도는 명품으로 찬연히 빛나지 않을까.

2023. 08. 04.

나무를 심는 마음

미래를 위한 준비

창문을 열면 문밖은 어제와 다름없다. 태양은 동쪽 하늘에서 변함 없이 붉게 솟는다. 창문을 스치는 바람 소리는 훈훈하고, 햇볕은 따갑다. 한여름의 무더위가 찾아오고 있다. 늘 찾는 장마로 하늘은 회색빛 이다. 흐려진 하늘만큼이나 우리 사회 곳곳에는 그늘이 성큼 드리워져 있다. 하늘이 "내일을 위해 너는 오늘 무엇을 하고 있느냐"라고 묻는다.

"내일 이 땅에 종말이 올지라도 나는 한 그루의 사과나무를 심으리 라"라고 네덜란드의 철학자 스피노자(Baruch Spinoza, 1632~1677)가 말했다. 사람은 어둠을 뚫고 빛을 찾는 존재이다. 희망의 신념으로 절 망을 극복해왔다. 프랑스 수학자, 물리학자, 발명가, 철학자, 신학자인 블레즈 파스칼(Blaise Pascal, 1623~1662)은 저서 『팡세(Pensée) : 명 상록 단장 391』에서 "인간은 자연에서 가장 연약한 한 줄기 갈대일 뿐이다. 그러나 그는 생각하는 갈대다"라고 말했다. 자연적인 존재로서의 인간은 약하지만, '생각하는' 존재로서 인간의 고귀함과 위대함을 나타 낸 말이다.

소국(素國) 박목월[朴木月, 본명 : 박영종(朴泳鍾), 1916~1978)] 선 생은 시인이며 교육자였다. 한양대학교 교수일 때 선생의 수필 「씨 뿌 리기」에 호주머니에 은행 열매나 호두를 넣고 다니며 학교 빈터나 뒷산 에 뿌리는 이야기가 나온다. 이유를 묻자 빈터에 은행나무가 우거지면 좋을 것 같아서라고 대답했다. 언제 열매가 열려 누가 따면 어떠한가.

"예순에는 나무를 심지 않는다[육십부종수(六十不種樹)]"고 말한 다. 심어봤자 그 열매나 재목은 못 본다는 말이다. 송유(宋兪)가 70세 때 고희연(古稀宴)을 했다. 감자(柑子 : 제주도 재래 감귤) 열매 선물을 받고 그 씨를 거두어 심게 했다. 사람들이 속으로 웃었다. 그는 10년 뒤 감자 열매를 먹고도 10년을 더 살다 세상을 떴다.

묵재(默齋) 홍언필(洪彦弼, 1476~1549)은 형조판서, 병조판서, 호 조판서, 대사헌을 역임했다. 특히 대사헌을 여섯 차례나 지내면서 관기 (官紀)를 바로잡는데 헌신했다. 몸가짐이 검소하고 청빈하기로 유명했 다. 집안 법도가 엄하여 아들 홍섬(洪暹, 1504~1585)이 큰 옷을 입지 않고서는 들어가 만나보지 못하였다. 성현들의 글을 즐겨 읽었다. 홍섬 (洪暹, 1504~1585)은 조광조(趙光祖, 1482~1519) 문하에서 수학했 다. 1571년 좌의정이 되엇다. 1573년 궤장(几杖)을 하사받고 영의정을 세 번에 걸쳐 중임하였다. 1579년 지병으로 관직을 사임하였다가, 중 추부영사(中樞府領事)가 되었다. 경서(經書)에 밝은 문장가로, 문집에

『인재집(忍齋集)』, 『인재잡록(忍齋雜錄)』이 있다. 홍언필(洪彦弼, 1476
~1549)의 아내가 평양에 세 번 갔다. 어려서 평양감사였던 아버지 가
중(可仲) 송질(宋軼, 1454~1520)을 따라갔다. 두 번째는 남편 홍언필
(洪彦弼, 1476~1549)을 따라갔다. 세 번째는 아들 인재(忍齋) 홍섬(洪
暹, 1504~1585)을 따라갔다. 홍언필(洪彦弼) 아내가 처음 갔을 때 장
난삼아 감영에 배를 심었고, 두 번째 갔을 때는 그 열매를 따 먹었다.
세 번째 갔을 때는 재목으로 베어 다리를 만들어 놓고 돌아왔다. 세
이야기 모두『송천필담(松泉筆譚)』에 나온다.『송천필담(松泉筆譚)』은
양졸재(養拙齋) 심재(沈梓, 1624~1693)가 한국과 중국의 여러 문헌들
에서 읽고, 또 직접 견문한 바를 간추려 적은 수필집 8권 8책이다. 학
문·정치·경제를 비롯하여 미담(美談)과 가화(佳話)를 듣고 본대로 기
록한 책이다.

경지(敬之) 황흠(黃欽, 1639~1730)은 참봉으로 1680년(숙종 6) 별
시문과에 을과로 급제한 이후 좌우참찬과 육조의 판서를 두루 역임하
였다. 정사에 관여한 50여 년 동안 나름대로 소임을 다하여 3대(숙종·
경종·영조)를 모셨다. 매사에 신중하였으며 청렴 검소하게 지냈으므로
헐뜯는 사람이 없었다.

영조(1770) 임금이 대신들을 인견(引見)하는데 좌의정 장밀헌(藏密
軒) 송인명(宋寅明, 1689~1746)이 아뢰기를, "청렴하고 신중한 사람을
택한다면 현재로는 도곡(陶谷) 이선현(李宣顯) 한 사람이고, 선조(先
朝) 때 옛 신하 중에서 구한다면 판서 황흠(黃欽, 1639~1730)이 엄정
하면서도 화목하고 정사도 공정하고 예의를 준수하는 청렴결백한 신

하였다"고 하였다. 90세를 넘겼으나 조금도 흐트러짐이 없었다. 마지막 벼슬은 보국판돈녕(輔國判敦寧) 이조판서였다.

황흠(黃欽, 1639~1730)이 80세에 낙향하여 지낼 때 종에게 밤나무를 심게 했다. 이것을 본 이웃 사람이 웃었다. "연세가 여든이 넘으셨는데 너무 늦지 않을까요?" "심심해서 그런 걸세. 자손에게 남겨주어도 나쁠 건 없지 않은가?" 10년 뒤에도 황흠은 건강했다. 그때 심은 밤나무에 밤송이가 주렁주렁 열렸다.

미래를 준비하는 일이라면 늦은 때는 없다. 지금 시작하자. 예순만 넘으면 노인 행세를 하며 책도 놓고 일도 안 한다. 그럭저럭 세월만 보낸다. 100세 시대에 이런 속 좁은 생각은 바람직하지 않다. 더 좋은 미래의 문화를 위해 씨를 뿌리자. 내가 그 열매를 못 따면 어떤가. 좋은 생각을 계획대로 실천해 보자. '하루살이도 사흘 먹을 것을 걱정한다'는 속담이 있다. 인생은 늘 준비하며 살아야 후회가 적다.

『논어(論語)·위정편(爲政篇)』에 '학이불사즉망(學而不思則罔), 사이불학즉태(思而不學則殆) : 배우기만 하고 생각하지 않으면 얻음이 없고, 생각만 하고 배우지 않으면 위태롭다'고 했다. 공자는 학(學)과 사(思)가 조화와 균형을 이루어야 한다고 생각하며 중용의 정신을 강조했다. 배우는 것이 중요한 것이지만 배우기만 하고 그 배운 것에 대하여 깊은 생각을 하지 않으면 단순한 지식의 유입에 그치기 때문에 남는 것이 없게 된다는 것이다.

사람들은 흔히 '나무만 보고 숲은 보지 못한다'라는 말을 한다. 그

말은 전체적인 면을 보라는 것을 의미한다. 준비된 자와 준비되지 않은 사람의 삶의 질은 큰 차이가 난다. 준비하고 기다리면 그날은 반드시 온다. 좋은 생각을 품고 계획을 세워 실천하자. 행운은 그저 오지 않는다. 준비하면 어느 때 어느 경우에라도 나에게 오는 기회를 잡을 수 있다. 언제나 좋은 생각으로 준비된 우리가 되자. 문화예술이 활짝 피려는 예도(藝都:민속문화예술 수도) 진도(珍島)의 품격도 마찬가지다.

2023. 07. 23.

수오지심(羞惡之心)

부끄러워하는 마음

아니! 이렇게까지 낯이 두껍다니? 수오지심(羞惡之心)의 '수오(羞惡)'는 '부끄러워하다'라는 뜻이다. 즉, 수오지심은 인간이 자신의 행동이나 생각에 대해 부끄러움을 느끼는 마음을 뜻한다. 수오지심(羞惡之心)은 '잘못을 부끄러워하고 악을 미워하는 마음'으로, 맹자(孟子, BC 372~BC 289)가 제시한 사단(四端) 중 하나이다. 중국 전국시대의 사상가 맹자는 공자의 뒤를 이어 유학(儒學)을 발전시킨 인물이다. 그는 인간의 본성이 선(善)하다고 보는 성선설(性善說)을 주장하였다. 맹자는 '잘못을 부끄러워하고 미워하는 마음이 없으면 사람이 아니다[無羞惡之心非人也(무수오지심 비인야)]'라고 표현하기도 하였으며, '수오지심은 의로움의 시작이다[羞惡之心義之端也(수오지심 의지단야)]'라고 하여 사덕(四德) 중 하나인 의(義)가 수오지심으로부터 비롯된다고 주장하였다.

수오지심은 인간의 내면에서 비롯되는 갈등에 중점을 두고 있다. 수오지심은 또한 인간의 도덕적인 성장과 발전에도 관련이 있다. 양심의 목소리를 듣고, 부끄러움을 느끼며, 그에 따라 행동을 조절하는 것은 인간의 도덕적인 성숙과 성장을 이루는 핵심적인 과정이라고 말할 수 있다. 부끄러움을 아는 개인들이 모여 협력하고 공동의 목표를 달성하면 더 큰 사회적 가치를 창출해 낼 수 있다. 수오지심은 우리가 인간으로서 가지고 있는 도덕적인 책임과 의무를 상기시키는 동시에, 우리가 어떻게 더 나은 사회를 구축하고 유지할 수 있는지에 대한 영감을 제공한다. 이러한 철학적인 용어를 이해하고 실천함으로써 우리는 개인적인 성장과 사회적인 발전을 동시에 이룰 수 있는 길을 열어갈 수 있다. 사람에게는 누구나 차마 다른 사람에게 모질게 하지 못하는 마음인 '불인인지심(不忍人之心)'이 있다고 하여 성선설을 뒷받침하였다. 또한 불인인지심에 대한 근거로 '모든 인간이 지니고 있는 네 가지의 마음'인 '사단(四端)'을 제시하였다. 사단에는 측은지심(惻隱之心 : 가엾고 불쌍히 여기는 마음), 수오지심(羞惡之心), 사양지심(辭讓之心 : 겸손히 사양할 줄 아는 마음), 시비지심(是非之心 : 옳고 그름을 가릴 줄 아는 마음)이 있으며, 이것을 확장함으로써 인간의 본성을 가리키는 네 가지 덕성인 인(仁)·의(義)·예(禮)·지(智)의 사덕(四德)으로 발전하게 된다고 보았다.

『사람이 염치가 있어야지』(이주연 저)라는 책에선 부끄러움을 아는 마음인 염치가 결정적인 순간마다 사회와 공동체가 최악으로 치닫지 않도록 지켜냈다고 했다. 그런데 어느 순간 사회를 지탱해온 염치마저 없어진 듯하다. 요즘 지도자는 부끄러움 없이 뻔뻔하다 보니 갈수록 얼굴은 두꺼워지고 있다. 관중(管仲)의 저서 『관자(管子)-목민편』에도 나라의 기강을 세우는 네 가지 벼리, 즉 사유(四維)를 제시한다. "예(禮), 의(義), 염(廉), 치(恥) 중 하나가 없으면 나라가 기울고, 둘이 없으면 위태롭게 되며, 셋이 없으면 근간이 뒤집어지고(전복·顚覆), 넷이 없으면 망해 다시 일으킬 수 없다(멸절·滅絶)"고 경고했다. 다산 정약용은 상소문에서 "예의염치 중 가장 중요한 덕목은 부끄러워함이다"고 지적했다.

후안무치(厚顔無恥)는 낯짝이 두꺼워 부끄러움이 없다는 뜻으로 체면을 차릴 줄 모르고 창피함을 모르는 뻔뻔한 사람을 가리키는 말이다. 후안(厚顔)은 두꺼운 얼굴이라는 뜻으로 부끄러운 짓을 하고도 부끄러운 줄을 모르는 경우를 이른다. 같은 뜻으로 철면피(鐵面皮), 강안(强顔), 파렴치(破廉恥), 염부지치(恬不知恥) 등이 있다.

인간은 모름지기 부끄러워할 줄 알아야 한다. 오늘의 우리 사회는 '염치'를 잃었다. 아무리 막된 짓이나 말을 하고도 부끄러워하는 '수오지심'은 없어졌다. 맹자나 다산은 어떻게 판단할까? 후안무치의 사람들만 출세하여 잘 나가는 세상이 두렵다. '수오지심'이라는 단어는 진도문화에서도 사라지고 있을까? 문화 창달로 예도(藝都)를 이끌어 가야 하는데, 비리로 선출된 사단법인의 단체장은 두꺼운 얼굴로 무엇을 할까? 뻔뻔하고 부끄럼이 없으니 추상같은 역사가 두렵지도 않겠지?

2023. 09. 21.

유유상종(類類相從)

같은 무리끼리 서로 사귐

'끼리끼리 모인다' 또는 '초록은 동색'은 유유상종(類類相從)과 같은 뜻이다.『주역(周易)』의「계사(繫辭)」상편에서 그 전거(典據)를 찾을 수 있다. 방이유취 물이군분 길흉생의(方以類聚 物以群分 吉凶生矣), 즉 "삼라만상은 그 성질이 유사한 것끼리 모이고, 만물은 무리를 지어 나뉘어 산다. 거기서 길흉이 생긴다"고 하였다.

이후로 이 말이 연관되어 생성된 듯하다. 이 말과 춘추전국시대의 순우곤(淳于髡, BC 385년~BC 305)과 관련한 고사가 전한다.『전국책(戰國策)』의「제책(齊策)」편에 따르면, 제(齊)나라의 선왕(宣王, ?~기원전 301, 재위:기원전 319~기원전 301)은 순우곤에게 각 지방에 흩어져 있는 인재를 찾아 등용하도록 하였다. 며칠 뒤에 순우곤이 일곱 명의 인재를 데리고 왕 앞에 나타나자 선왕이 "귀한 인재를 한 번에 일곱 명씩이나 데려오다니, 너무 많지 않은가?" 그러자 순우곤은 자신만

만한 표정으로, "같은 종의 새가 무리 지어 살듯, 인재도 끼리끼리 모입니다. 그러므로 신이 인재를 모으는 것은 강에서 물을 구하는 것과 같습니다"라고 하였다.

『주역』「문언(文言)」편에 "하늘에 근본을 둔 것은 위와 친하고, 땅에 근본을 둔 것은 아래와 친하니, 이는 각자가 그 비슷한 것을 좇기 때문이다(本乎天者親上 本乎地者親下 則各從其類也)"는 구절이 있다.

나는 어떤 사람일까? 자신의 정체성이나 세론이 궁금하다면 주변에 있는 친구의 평을 들어보면 알 수 있다. '오래된 친구가 가장 좋은 거울'이라고 영국의 조지 하버트(George Herbert, 1593~1633)가 명언을 남겼다. 가장 가까이 있는 사람을 보면 지금의 내 모습과 생각, 관심사를 알 수 있다. 공자는 "그 친구를 보면 그 사람을 알 수 있다"라고 했다. 주위 환경이 사람에게 대단히 중요하다. 향기가 진한 꽃 주위에 있으면 나에게도 향기가 나고, 악취가 나는 곳에 있으면 내 몸에서도 악취가 난다. 좋은 인간관계를 만들기 위해서 스스로 건강한 사람이 되자. 쇠는 불에 달궈 봐야 알고, 사람은 이익을 앞에 놓고 취하는 태도를 보면 안다 했다. 사람들은 좋아하는 사람과 더 친해지고 싶고 긍정적인 사람과 가까이하고 싶은 것은 어찌 보면 당연하다.

일본을 대표하는 기업가 마쓰시타 고노스케(松下幸之助, 1894~1989)의 저서 『길은 잃어도 사람은 잃지 말라』는 그의 풍부한 체험과 깊은 통찰로부터 얻은 인생의 지혜와 지침을 엮은 책이다. 자존감, 행복, 용기, 삶과 마주하기 등 스스로 다독이고 사랑해주는 말부터 소통,

성공, 성과 등 사회생활에 있어 필요한 기술까지 풍부하게 담아냈다. 그는 1917. 6. 20. 오사카 전등주식회사를 7년 만에 퇴사하고 소켓 개발 자영업에 뛰어들었다. '경영의 신(神)'으로 추앙받는 그는 경영을 단순한 '돈벌이'가 아니라 사람들의 행복을 끌어내는 가치 있는 종합예술로 여겼다. 마쓰시타의 삶은 패전국 일본이 20년 만에 세계 경제 대국 2위가 된 고도성장의 비밀 과정 그 자체였다.

우리는 항상 삶을 고민한다. 후회만 되는 날도 있다. 그렇지만 내일은 오늘과는 다른 새로운 만남을 기대하며 하루하루를 살아간다. 내일은 우리에게 용기와 희망을 속삭인다. 꽃밭에 수만 개의 꽃과 쏟아지는 폭포수가 목마른 사람에게 무슨 소용이 있겠는가? 손안에 있는 작은 물병, 내 앞에 꽃 한 송이가 무엇과도 견줄 수 없다. 세월은 누구에게나 공평하다. 그 세월의 가치는 자신이 결정하기 때문이다. 얼굴의 주름은 성형으로 숨길 수 있어도 세월을 이기는 장사가 어디 있으랴?
세월은 경험이고, 지혜다. 세월은 쓰는 사람의 몫이다. 흔들리지 않고 피는 꽃 없고, 굴곡 없는 삶은 없다. 행복의 뿌리는 대인관계이다. 외톨이 인생은 행복이 짧다.

물체는 공명으로 울림이 커지듯 사람은 공감으로 정의투합(情意投合)이 된다. 소통과 공감으로 상호관계가 이루어지면 융합되어 한배를 탄다. 비위 맞춤이 아닌 진솔한 이심전심으로 마음에 스며들어야 한다. 가식적인 행위나 언행에 무릇 새소리만큼의 무구함이나 맑은 울림이 있을까? 스치면 인연이요, 스며들면 사랑이 된다. 아름다운 삶을 가꾸려면 유유상종의 본뜻을 살려 친구를 가려 사귀는 어울림으로, 소중한 가치를 함께 누리는 지혜로운 삶을 가꾸어 보자.

2023. 10. 10.

노블레스 오블리주(Noblesse Oblige)

경주 최부잣집과 김만덕의 삶

　선거철이라 그런지 날씨도 변덕스럽다. 그렇게 친한 사이도 서먹서먹하고 소통하기가 불편한 때가 있다. 입장과 생각이 달라서일까 아니면 배려가 부족해서일까? 우리 사회를 보면 정치권이 이분법으로 분열을 조장하고 있다. 국민을 위한다면서 자기주장만 있을 뿐 협력과 통합의 정신은 거의 찾아보기 어렵다. 안타까운 현실이다. 국가가 바로 서려면 사회지도층부터 책임과 의무를 다하는 높은 도덕성이 요구된다.

　경제정의실천시민연합(경실련)은 3월 28일 서울 종로구 경실련 강당에서 기자회견을 열고 제22대(4.10) 총선 후보자 재산과 전과 분석 결과를 발표했다. 이번 분석은 현역 국회의원을 둔 정당들만 대상으로 진행되었는데 총선 후보자 총 952명 중 전과기록 보유자는 305명 (32.0%), 1인당 재산 평균은 24억 4,000만 원으로 집계됐다. 전과기록을 보유한 후보자 305명은 총 587건의 전과를 보유한 것으로 나타났다. 1인당 평균 1.9건꼴이다. 마음이 씁쓰레하다. 선택은 유권자 몫이다.

'노블레스 오블리주(Noblesse Oblige)'란 말이 있다. '노블레스 오블리주(Noblesse Oblige)'는 사회지도층이 자신의 신분에 맞는 높은 도덕적 의무를 지는 것을 의미한다. 선진국 사회를 들여다보면 달리 선진국이 아니라는 생각이 든다. 유력한 가문이나 지도층 인사가 솔선수범에 앞장선다. 이들에게서 봉사와 희생을 명예롭게 여기는 것을 쉬이 찾을 수 있다.

미국의 대표적 투자자인 워런 버핏(Warren Buffett, 1930~)은 전 재산의 85%인 440억 달러를 사회에 기부했고, 마이크로소프트사의 창업자인 빌 게이츠(William H. Gates III, 1955~)는 1,240억 달러(한화 약 165조 2,400억원)의 재산 중 세 자녀에게 1,000만 달러만 물려주고 모두 사회에 환원한다 했다. 기업가들이 성공한 후에는 아낌없이 사회에 헌납하는 것을 보면 세계 제일의 미국을 지탱하고 있는 힘을 엿본다.

한국에서 노블리스 오블리주하면 경주 최 부자 일가의 이야기가 전해진다. 최부잣집은 경상도 제일의 부자였다 한다. 부자는 3대를 못 간다고 했는데, 고운(孤雲) 최치원(崔致遠, 857~?)의 후손으로, 1대 잠와(潛窩) 최진립(崔震立, 1568~1636)부터 시작하여 영남대학교의 전신인 대구대학교를 설립한 12대 문파(汶坡) 최준(崔浚, 1884~1970)까지 이른다. "나라가 없으면 부자도 없다"며 독립운동자금에 재산을 내

놓고 광복 후에는 교육사업을 위하여 전 재산을 기부하기까지 300년 간 12대를 이어오는 동안 최부잣집 창고는 쌀 800석을 보관할 수 있는 현존의 가장 크고 오래된 목조곳간으로 알려졌다. 어려운 사람들을 도왔던 선행으로 부호들의 재물을 탈취한 명화적(明火賊)의 불길에서도 살아남는다. 이렇게 장기간 한 집안이 부를 유지한 사례는 전 세계에서도 그 유례를 찾아보기 어렵다고 한다.

최부자 집안의 모범은 한, 두 대에 그친 것이 아니라 집안의 전통으로 전해 내려온다는 점에서 음미해 볼 만한 가치가 있는데, 최부자 집안 후손들은 6가지 가훈을 떠받들어 왔다고 한다.

첫째, 과거를 보되 진사 이상은 하지 마라.

둘째, 재산은 만석 이상을 모으지 마라.

셋째, 과객을 후하게 대접하라.

넷째, 흉년기에는 땅을 사지 마라.

다섯째, 사방 백 리 안에 굶어 죽는 사람이 없게 하라.

여섯째, 최씨 가문의 며느리들은 시집온 후 3년간 무명옷을 입어라.

이런 가르침은 '노블레스 오블리주'정신의 핵심이 아닐 수 없다.

또한 조선왕조실록에 계급제도가 엄격했던 천민 바로 위의 계급인 상민, 그중에서도 극히 드문 여성의 이야기를 기록하였다. 조선시대 후기 여성 거상 김만덕(金萬德, 1739~1812)의 감동적인 삶이다. 그는 평생 모은 재산을 아낌없이 나누어 제주도 백성들의 목숨을 살려내는 데 썼다. 김만덕에 대한 언급은 1796년 조선왕조실록에 기록돼 있다.

"제주(濟州)의 기생 만덕(萬德)이 재물을 풀어서 굶주리는 백성들의 목숨을 구했다고 목사가 보고하였다.(정조실록 45권, 정조 20. 11. 25.)"

실록의 이야기를 뒷받침하는 자세한 내용은 조선시대 문신 번암(樊巖) 채제공(蔡濟恭, 1720~1799)이 김만덕의 선행에 감복해 써 내려간 『만덕전[萬德傳·번암집(樊巖集) 제55권)]』을 통해 확인할 수 있다.

　부자는 기부를 통해 어렵고 힘든 이들에게 도움을 주고, 지식과 재능이 많은 사람은 자신이 가진 지식과 재능 나눔을 실천해야 세상이 밝아진다.

　사람들은 지구라는 공간 안에서 함께 역사를 만들어 가고 서로 손을 잡고 살아간다. 공동체에서는 서로가 지켜야 할 법과 도덕이 있고, 사람다운 마음가짐과 말씨가 바르고 어질어야 한다.

　급속한 경제발전은 물질만능주의를 만연케 했다. 현대사회의 치열한 경쟁은 '나', '내 가족', '우리'에게만 집중되도록 이기주의만 키웠다. 더구나 사회지도층의 법질서 문란(紊亂)은 도덕적 해이를 낳았다. 희망의 싹이 되어야 할 나눔과 배려는 현실을 날로 어둡게 하고 있다.

　도덕과 양심이 시든 사회는 병든 사회다. 병든 사회는 미래가 없다. 그 어느 때보다 사회지도층들의 노블레스 오블리주(Noblesse Oblige)의 실천이 절실하다. 아니 나부터 지금, 바로 노블레스 오블리주의 삶을 가꿔가자.

2024. 03. 30.

이름대로 바르게 행하자

'~다움'의 열매를 위하여

지금부터 2500여 년 전인 중국의 춘추전국시대, 제나라 군주인 제
경공(齊景公, ?~BC 490)은 공자(孔子, BC 551~BC 479)에게 정치에
대해 물었다. 『논어(論語)』「제12편 안연(顏淵, BC 514~BC 483) 11장」
의 내용이다.

"제경공문정어공자(齊景公問政於孔子 : 제경공이 정치에 관해서 공
자에게 물었다) 공자대왈(孔子對曰 : 공자께서 대답하였다), 군군신신
부부자자(君君臣臣父父子子 : 임금은 임금답고 신하는 신하답고 아버
지는 아버지답고 자식은 자식다운 것)입니다."

『논어(論語)』「자로(子路), BC 543~BC 480」편을 보면 "자로왈(子路
曰 : 자로가 말하기를) 위군대자이위정(衛君待子而爲政 : 위나라 임금
이 선생님을 모시고 정치를 할 것인데) 자장해선(子將奚先 : 선생님은
무엇을 우선으로 하시렵니까?) 자왈필야정명호(子曰必也正名乎 : 공

자가 말하기를, 꼭 명분을 바로 세워야 할 것이다)"라고 열변을 토했다.

　이러한 공자의 정치사상을 정명사상(正名思想)이라 한다. 즉 신분과 윤리에 따른 명분과 직책을 바로 세워 지켜가야 한다는 뜻이다. 공자는 윤리와 도의가 땅에 떨어진 현실을 개탄하며, 정명사상을 부르짖었다. 정명이란 이름대로 바르게 한다는 것이다. 비단 정치뿐만 아니라 이 세상에는 이름이 아까운 직분이나 삶들이 얼마나 많으랴.
　사람만이 아니라 세상의 모든 현상과 사물, 법령도 각각의 이름에 맞는 역할이 있다. 역할이 이름대로 이루어질 때 그 이름은 정체성을 갖게 되며 그 신뢰도로 세상은 밝아진다.
　이름은 행위와 일치해야 정의가 바로 서 신용사회가 정착된다. 명실상부란 이를 두고 하는 말이다. 정명(正名)은 정의(正義)다. 임금은 임금답고, 신하는 신하답고, 아버지는 아버지답고, 아들은 아들답게 하는 것, 그렇게 하도록 인도하는 것이 정치라 했다. 리더는 사람을 보는 안목을 가지고 적재(適材 : 어떤 일에 적당한 재능), 적시(適時 : 알맞은 때), 적소(適所 : 적당한 지위)에 배치하는 이른바 삼적(三適)의 도(道)를 실행하는 것이 정치의 요체라고 하였다. 신뢰 함양을 위해 전문성을 갖춘 인사들에게 시스템을 맡기는 것, 즉 적재적소(適材適所) 인사원칙이 정치지도자의 최고 덕목이라는 논어의 글귀를 새겨본다.

　대한민국은 대한민국다워야 한다. 이름대로 자유롭고 정의로운 민주공화국이어야 한다. 국회는 국회다워야 한다. 사법부는 사법부다워야 한다. 해태(獬廌)의 의미를 되살려 파사현정(破邪顯正)을 엄정(嚴

正)하게 구현하는 보루가 사법부로 굳건히 자리 잡아야 국민이 어깨를 편다. 대통령은 올바른 국정철학을 바탕으로 국가의 미래를 바라보며 법대로 통치해야 대한민국이 바로 선다. 더구나 국민은 국민다워야 한다. 억지로 떼쓰는 폭력집단이 되어서는 안 된다. 모든 정치구조나 사회단체가 이름대로 지향해야 국민의 행복 지수는 높아지고 대한민국은 명실공히 동방의 해 뜨는 나라로 우뚝 선다.

조선 영·정조 때 학자 유만주(兪晚柱, 1755~1788)는 스물네 권의 일기장 『흠영(欽英)』을 남겼다. 『흠영(欽英)』은 '꽃과 같이 아름다운 사람의 정신을 흠모한다'는 뜻이며 자신의 호(號)이기도 하다. 만 스무 살부터 쓰기 시작하여 서른네 살 임종할 때까지의 일기이다.

『흠영(欽英)』에는 '인인아아(人人我我)'라는 말이 자주 나온다. '너는 너답게 나는 나답게'라는 뜻이다. 공자가 '군군신신부부자자(君君臣臣父父子子)'라고 한 말과 유사하다.

송(宋)의 학자 범조우(范祖禹, 1041~1098)는 어질지 않은 사람은 사람이 아니요, 다스려지지 않는 나라는 나라가 아니라며, "인이불인 인재 인재(人而不仁 人哉 人哉 : 사람이 어질지 않다면 사람이랴? 사람이랴?)"라는 말을 남겼다. 벼슬아치가 벼슬아치답고, 법관이 법관답고, 국회의원이 국회의원다운, 붕당(朋黨)의 이익보다 국민의 이익, 국가의 이익을 우선시하는 공복(公僕)은 어디에서 찾을까?

"신뢰 기반이 없는 나라는 사회적 비용의 급격한 증가로 선진국 문턱에서 좌절하고 말 것이다"라고 미국의 미래 정치학자 후쿠야마 (Yoshihiro Francis Fukuyama, 1952~)는 말했다. 자기의 잘못을 우겨가는 사회에서는 믿음이 사라진다. 신뢰가 사라지면 사회 갈등 증가, 기업의 투자 감소, 정부 정책의 불신으로 국가는 점차 쇠퇴하다 무너진다. 국가 발전은 신뢰가 최우선이다.

'자식이었던 나는 자식다웠는가'라는 질문을 던지니 눈시울이 뜨거워진다. 외할머니와 어머니는 오로지 필자만을 위해 고귀한 삶을 운명으로 생각하며, '외할머니답게, 어머니답게' 숭고하게 헌신했다. 자식이었고 지금은 아버지인데 아비다운가? 마음이 무겁다. 일을 맡으면 성심을 다하고 물러나면 성찰하려 노력한다. 늘그막에 분수를 지키는 바른 어른들과 동행하면 아름다운 길이 보일 것이다. 늘 '~다움'의 삶인가를 돌아보며 인생의 방향을 잡자. 곁가지는 치고 다듬어 주변을 밝혀보자. 한 걸음 한 걸음 '~다움'의 삶을 가꿔가며 즐기는 여유로움으로.

2024. 06. 02.

한계선(限界線)

선(線)은 약속이다

   고등학교 때 국어 선생님께서 수업 시간에 한 말을 명심한다. "사람은 항상 언행에 정해진 선(線)을 지켜가야 한다"는 말이다. 그때는 뜻도 모르고 선생님의 말씀이라 존중하는 의미로 받아들였다. 이후 삶의 행로에서 선택의 순간은 그 의미를 되새기며 신중하게 행동했다.

   사람은 잉태한 순간부터 선이 작용한다. 어머니의 뱃속에서의 열 달은 탯줄이라는 선에 의해 귀한 삶이 시작된다. 어머니 품에서 벗어나면, 지켜가야 할 많은 선이 뒤따른다. 가정이나 학교에서는 지식과 지혜, 윤리와 도덕을 배운다. 사람이 지켜야 할 선은 사회질서를 유지하고 지켜가게 하는 명분(名分)이다.

   선에는 눈에 보이는 명확한 선과 보이지 않는 선이 있다. 눈에 보이는 대표적인 선은 사람이나 자동차가 다니는 도로와 기찻길 등이다.

또 자동차 도로 표면에는 약속된 여러 선이 있다. 이러한 선을 제대로 지키지 않으면 큰 사고로 이어진다.

이 밖에도 집과 집 사이에 쌓인 담장, 국경선 등 많은 선이 있다. 부부, 형제, 이웃, 남녀 간에도 지켜져야 할 윤리의 선이 있다. 또 보이지 않는 선에는 넓은 바다 위의 뱃길과 하늘을 날아다니는 비행기 항로도 있다. 우리가 일상생활에서 지켜야 할 각종 법(法)이나 규정, 규칙 등은 명문화된 약속의 선이다.

사회질서를 위해 꼭 필요한 이 선이 무너지면 혼란과 공포, 죽음이 뒤따른다. 사법기관에서 단속하거나 수사를 하는 것은 이런 선이 지켜지도록 경계하고, 단속하는 것이다. 자유를 마음껏 누리며 산다고 행복한 것만은 아니다. 동물들의 삶은 언제나 약육강식의 살벌한 일상이 벌어진다. 인간은 항상 더 많은 자유를 누리기를 바란다. 독재가 심한 곳일수록 많은 선에 묶여 있어 벗어나려고 투쟁한다.

그러나 우리 사회에서 일상의 일부를 구속하는 선은 나쁘다고 평할 수 없다. 인간에게 지켜야 할 선이 없다면 약육강식의 생존경쟁으로 처참한 일들이 벌어질 수 있다. 그러므로 인간에게는 지켜야 할 적정한 선이 필요하다. 귀찮아 보이는 제약이, 뚜렷한 명분의 선으로 바로 나와 우리 모두의 생명과 삶을 약속해 주는 행복 선이다.

지난 7월 4일 기상청이 발표한 '2024년 6월 기후 분석 결과'에 따르면, 지난달 전국 평균기온은 22.7도로 평년보다 1.3도 높았다. 이는 지난 1973년 기상 관측 이래 역대 1위 기록이다.

서울(30.1도), 대전(30.0도), 이천(30.2도), 청주(30.4도)는 기상 관측 이래 최초로 6월 평균 최고기온이 30도를 넘었다. 전국 평균 폭염일 수 역시 2.8일(평년 0.7일)로 역대 가장 많았다. 이는 1907년 서울 지점 기상 관측이 시작된 이후 117년 만의 가장 이른 열대야 관측일이다. WMO(World Meteorological Organization : 세계기상기구)는 앞으로 지구 평균 기온이 1.5도 이상 오를 가능성이 크다고 진단했다. 인류가 환경보호의 선(線)을 넘어 재앙을 자초하고 있다.

일반적으로 사람들은 자신과 다른 사람 사이에 일정한 물리적 거리를 두려고 한다. 심리학에서는 이처럼 개인이 심리적으로 자신의 공간이라고 인식하는 자기 주위의 영역을 가리켜 개체 공간(personal space)이라고 한다. 사적인 공간, 혹은 바디존(body zone)이라고도 부른다. 개체 공간의 범위는 친밀한 사이일수록 줄어들기 때문에 상대방과 공유하는 개체 공간의 크기에 따라 상대방과의 친밀도를 알 수 있다.

개체 공간 이론을 정립한 미국의 문화인류학자 에드워드 홀(Edward T. Hall, 1914~2009)은 그의 저서 『숨겨진 차원(The Hidden Dimension)』(1966)에서 개체 공간을 네 가지 유형으로 분류하였다.

먼저, 친밀한 거리(intimate distance zone)는 자신으로부터 45cm 이내의 거리이다. 가족이나 부부처럼 친밀한 유대 관계가 형성된 경우다.

두 번째, 개인적 거리(personal distance zone)는 45cm에서 1.2m까지의 거리를 가리킨다. 가족이나 친한 친구와의 사이에서 일상적인 대화를 나눌 때 무난하게 사용되는 거리이다.

세 번째, 사회적 거리(social distance zone)는 1.2m에서 3.6m까지

의 거리를 가리킨다. 사무적이고 공식적인 대화가 이루어지는 범위다.

마지막으로 공적인 거리(public distance zone)는 3.6m에서 9m까지의 거리로 연설이나 강의 등이다. 저마다 관계의 안전거리를 가늠해 보자.

"강하게 행동하되 무례하지는 마라. 친절하되 약해 보이지는 마라. 대담하게 행동하되 다른 사람을 힘들게 하지는 마라. 겸손하되 소심해지지는 마라. 자신감을 가지되 교만하지는 마라"라는 말은 미국의 명연설가, 작가이며 세일즈맨인 지그 지글러(Hilary Hinton Zig Ziglar, 1926~2012)의 말이다. 그는 세계적인 연설가 중 한 명으로 꼽히며, 자기 계발과 동기 부여 분야의 전문가이다. 역지사지하고 겸손하되 당당해야 한다.

인생을 살아가는 데 있어서 중요한 것은 인간관계이다. 인간관계에서 필요한 부분이 선을 지키는 것이다. 내가 상대방의 영역을 존중하는 것은 기본이고, 상대가 나의 영역을 넘었을 때 온화하지만 단호한 거절로 나의 선을 지켜가야 한다. 가까운 사람일수록 이 선을 넘지 않도록 해야 하는데 균형된 자존감을 지켜가는 명분은 언제나 한계선이다.

2024. 07. 06.

자신과의 싸움

선의지(善意志)로 세상을 밝혀가자

사람은 누구나 크고 작은 고민을 한다. 세상이 어지러우면 고민은 더 깊어진다. 혼란스러울수록 부화뇌동하거나 주변을 탓한다. 성공하는 일에만 열광하는 사회에서는 실패와 좌절은 금기시된다. 학교에 입학하여 시작된 치열한 생존경쟁 문화 구도가 사회의 요소요소에서 그 몫을 더한다. '돈이 많고 지위가 높아야 한다'는 성공 지향적인 사회에서는 몸도 마음도 병들기 쉽다. 세상이 어지럽게 돌아간다. 경험하지 못한 세상을 지난다. 눈뜨면 논쟁으로 법과 정의의 양팔 저울도 흔든다.

미국의 사회학자인 로버트 머튼(Robert King Merton, 1910~2003)은 『사회이론과 사회구조(Social Theory and Social Structure), 1949』에서 '성공의 잣대가 돈과 권력으로 획일화되면 돈과 권력을 얻지 못한 많은 사람은 패배자로 전락할 수밖에 없는 것이 가장 큰 문제'라고 지적했다. 우리 사회의 단면 중 오로지 돈이 최고라는 황금만능주의가 팽배해져 간다. 성실한 노동에 보상이 따른다는 사회적 신뢰도 무너져 간다. 우리 사회의 정의는 일그러져 간다.

사람은 바람으로 살아간다. 사람에 대한 기대뿐만 아니라 돈에 대한 기대, 지위와 권력에 대한 기대와 희망은 대개 욕심이 따른다. 과정을 도외시하고 결과만 바란다. 스스로 바꾸려는 노력만이 변화로 찾아온다. 내가 변해야 세상이 변한다. 성장과 발전, 변화는 어려운 형편이나 처지를 이겨낼 때 이루어진다.

우리에게 필요한 것은 돈과 성공 이외에도 배려와 헌신, 겸손, 칭찬과 격려, 공감과 감동, 긍정, 믿음, 사랑, 우정, 희망도 기다린다. 약자를 위해 헌신하고 봉사하는 사람들의 미담을 소개하고 널리 알리는 사회적 분위기가 조성되면 성공의 가치와 기준도 다양하게 정의될 수 있다.

우리는 실패를 단편적인 결과물로만 생각한다. 타인의 성공은 별다른 노력 없이 그저 운이 좋아 찾아온 대상으로만 여긴다. 과정을 무시한 대가는 참담하다. 쉽게 이룬 명성이나 성공은 오래가지 않는다. 쉽게 온 것은 쉬이 사라진다. 목표를 이루고 싶으면 남다른 노력을 해야 한다. 하나를 얻으려면, 다른 하나는 포기해야 한다.

1972년 제20회 독일 뮌헨 올림픽 마라톤에서 2시간 12분 19.8초의 기록으로 금메달을 차지하고, 1976년 캐나다 몬트리올 올림픽에서 다시 은메달을 차지하여 미국 최고의 마라토너로 사랑을 받는 프랭크 쇼터(Frank Charles Shorter, 1947~)라는 선수가 있다. 쇼터는 미국 올림픽 명예의 전당(1984년), 국립 육상 명예의 전당(1989년)에 헌액되었다. 쇼터는 마라톤(42.195 km)을 이렇게 정의했다.

"마라톤이란 32km를 달리고 나머지 10여 km를 어떻게 달릴 것인가의 문제이다. 즉 인내력, 정신력과의 싸움을 통하여 자신과 싸워 이기는 것이다. 일상적인 운동을 한 사람들은 32km는 달릴 수 있지만, 10km를 더 뛰고자 하려면 자신과의 처절한 싸움이 필요하다."

인생의 여정은 마라톤이다. 우리에게 가장 어려운 싸움은 무엇일까? 자기와의 싸움이다. 자신이 자기 인생길에 가장 큰 걸림돌이다. 인생이란 계속된 자기와의 싸움이다. 이겨야 할 대상은 언제나 자기 자신이다. 1953년 5월 29일 33세의 나이에 인류 최초로 에베레스트산 등정에 성공한 뉴질랜드 산악인이자 탐험가인 에드먼드 힐러리(Sir Edmund Persival Hillary, 1919~2008)는 소감을 묻는 기자에게 "내가 정복한 것은 산이 아니라 나 자신이다"라는 명언을 남겼다.

인생 곳곳에 유혹이 기다리고 있다. 허다한 함정이 있다. 넘어지기 쉬운 걸림돌이 있다. 견물생심(見物生心)이다. 좋은 물건을 보면 가지고 싶은 욕심이 꿈틀댄다. 누구나 명예 앞에 흔들리고, 권력 앞에 무너진다. 향락 속에 빠지기 쉽다. 옛사람은 황금흑사심(黃金黑士心)이라고 하였다. 황금은 선비의 마음도 사로잡는다.

중국의 고전인 『대학(大學)』에선 '소인한거위불선(小人閑居爲不善 : 소인은 시간의 여유가 있으면 좋지 않은 짓을 한다)'이라고 했다. 인간의 마음은 선(善)한 일보다는 악(惡)에 물들기가 더 쉽다.

우리는 마음속에 있는 악과 끊임없이 싸워야 한다. 나와 싸우는 싸움은 독일의 철학자 임마누엘 칸트(Immanuel Kant, 1724~1804)가 주장한 선의지(善意志, Good Will)이다. 참된 자신, 선하고 바른 인간이 되기 위한 도덕적이고 정의로운 싸움이다. 바르고 정의로움을 선택하려는 내면의 소리 없는 싸움이다. 이 싸움은 나와 남을 해코지하기 위한 싸움이 아니고, 나와 우리 사회를 올곧게 하기 위한 싸움이다.

게으름, 악함, 나약함, 불성실한 자신과 싸운다. 많은 이들이 바람과 부당한 욕심을 품고 시작하다 보니 기대와 다른 현실에 좌절하기도 한다. 바라지 않고 세상일을 대하기는 어렵다. 자신과의 싸움에서 힘들어도 지혜로운 선택이 중요하다. 과욕은 금물이다. 나락에 빠진다.

다름에서 출발하는 것이 삶이다. 최선의 노력을 하고 서로 다름을 인정하며 받아들일 때, 이웃에 대한 배려와 이해의 마음도 자리한다. 선의지는 갈등 요인도 공감을 통해 풀어갈 수 있다. 선택의 기로 앞에 있을 때 선의지가 이기면 세상도 밝아진다. 인생은 속도가 아니라 방향이다. 양심이 바라는 선의지로 지혜롭게 세상을 환히 밝혀가자.

2024. 07. 20.

책 속에서 보물을 캐내자

성공의 길로 인도해주는 독서

그 무덥던 더위도 가을바람이 힘겨워 물러섰다. 날씨가 서늘해지고 밤은 깊어진다. 이 좋은 계절에 책꽂이에 꽂아둔 책을 꺼내 읽어보자. 독서는 정신적 양식이다. 인체의 건강과 발육이 영양과 운동에서 나오듯 건전한 정신은 독서에서 나온다.

책은 인류가 체험하고 사색(思索)하고 연구한 것을 기록한 말 없는 스승이다. 위인들의 업적과 교훈이 책에 있고 과학 문명의 발자취가 고스란하다. 책은 인생을 풍요롭게 하고 삶의 가치를 드높이는 신비로운 힘을 가졌다.

영국의 요한 에두아르트 하리(Johann Eduard Hari, 1979～)는 『STOLEN FOCUS : 도둑맞은 집중력』 중에서 "나는 지금껏 끊임없이 독서를 하지 않는 현명한 사람은 본 적이 없다. 단 한 명도.(In my whole life, I have known no wise people (over a broad subject matter area) who didn't read all the time - none, zero.)"라고 독서의 중요성을 갈파했다.

독서는 젊은 날에는 신선한 자극을, 노년에는 여유로운 즐거움을 준다. 독서는 우리를 성공적인 삶으로 이끄는 마법을 발휘한다. 독서는 우리의 가장 충실하고 믿음직한 동반자다.

좋은 글은 무엇일까? 내가 몰랐던 것을 알게 해주는 글이다. 어떤 글을 읽고 기쁨이 솟고, 깨달음을 얻는다면 금상첨화다. 좋은 글을 모아 놓은 것이 책이다. 동서고금을 통해 심금을 울리고, 어느 때나 읽어도 무릎을 치게 하는 글이 있다면 그게 바로 인문 고전이다. 훌륭한 사람은 고전 읽기를 통해 위인이 되었다.

공자(孔子, BC551~BC479)는 위편삼절(韋編三絶)이라 하여 책 가죽끈이 세 번 끊어지도록 책을 읽었다. 조선 4대 왕 세종(世宗, 1397~1450)은 백독백습(百讀百習)이라 하여 백 번 읽고 백 번 썼다고 한다. 프랑스의 황제 나폴레옹(Napoléon Bonaparte, 1769~1821)은 정독하고 발췌하고 메모하는 것이 습관이었다. 미국의 16대 대통령 링컨(Abraham Lincoln, 1809~1865)은 미국의 초대 대통령인 워싱턴(George Washington 1732~1799) 전기와 성경을 늘 읽었다고 한다. 그 결과, 공자는 『논어(論語)』를 남겼고, 세종은 「훈민정음(訓民正音)」을 창제하였다. 나폴레옹은 1804년 프랑스의 「민법전」을 편찬하였고, 링컨은 1863년 1월 1일에 「노예 해방 선언」이라는 큰 획을 그었다.

이 네 분의 공통점은 무엇일까. 첫째는 좋은 글을 읽었다는 점이다. 둘째는 그 책이 다 인문 고전이었다는 것이다. 고전의 힘은 대단하다. 독서는 사람을 변화키고 세상을 바꾸는 힘을 지녔다. 공자는 동양을, 세종은 조선을, 나폴레옹은 유럽을, 링컨은 미국을 변화시켰다.

인문 고전은 사람에 관한 책이다. 그 속에는 깊은 철학과 고뇌가 스며있다. 인간이란 무엇인가란 물음을 던진다. 어떻게 사는 삶이 인간다운 삶인지 방향을 제시한다. 고전을 읽다 보면, 인간 본질에 더 가까이 가고, 결국 자신을 발견하고 성찰한다.

발명왕 에디슨(Thomas Alva Edison, 1847~1931)은 동네 도서관의 책을 통째로 읽었고, 세계에서 가장 큰 부자인 빌 게이츠(Bill Gates, William Henry Gates III, 1955~)는 "하버드대학 졸업장보다 귀한 것이 독서"라고 했다. 과거 시카고 대학은 미국에서 역사가 길지 않은 3류대학이었다. 그러나 1920년에 총장으로 부임한 로버트 허친슨(Robert Hutchinson, 1899~1977) 교수의 'The Great Book Project' 정책으로, 지금까지 1,100여 개 노벨상 중에서 미국은 420개를 획득해 세계 1위인데, 시카고 대학은 101명으로 전 세계 대학에서 3번째로 많은 수상자를 배출했다. 시카고 대학의 이러한 성과는 '철학 고전을 비롯한 세계의 위대한 고전 100권을 달달 외울 정도로 읽지 않은 학생은 졸업시키지 않겠다'라는 허친슨 총장의 정책으로 명문 중의 명문으로 이름을 올렸다.

"모든 독서가(reader)가 지도자(leader)가 되는 것은 아니다. 그러나 모든 지도자는 반드시 독서가가 되어야 한다.(Not all readers are leaders, but all leaders are readers.)" 미국의 33대 대통령이었던 해리

S. 트루먼(Harry S. Truman, 1884~1972)의 말이다.

독서는 인생의 평생 동반자로 삼아야 한다. 특히 유아기와 초등학교 저학년 시기는 독서 습관 형성이라는 점에 있어 매우 중요한 시기이다. 유아기는 책이란 매체를 통해 세상을 접하고, 독서의 크기가 마음의 크기로 자라는 소중한 때이기에 독서 습관을 형성해 주어야 한다.

"마음에도 근육이 있다. 몸의 근육처럼 마음 근력도 체계적이고 반복적인 훈련을 하면 강해진다." 연세대 김주환(1964~) 교수의 『내면소통』 첫 부분에 나온다. 내면 소통이란 내가 나와 하는 소통이다.

좋은 책은 고달픈 자에게 생기를 주며, 가녀린 자에게 용기를 주고, 어리석은 사람에게는 지혜를 준다. 외로운 자에게는 벗이 되며, 헤매는 사람에게는 바른길로 인도한다. 책을 통해 존엄한 인격자가 될 수 있다. 책은 영혼을 안락(安樂)하게 한다. 인생은 한 권의 책과 같다. 책을 벗 삼아 보자. 동반자로 선택하면 행복의 샘으로, 마음이 흠뻑 적시게 된다. 성공의 지름길로도 환하게 밝혀주며 원하는 보물이 가득하다.

보물을 가득 쌓아두고 기다리는데도 그 보물을 캐내지 않으려는가?

2024. 11. 20.

자강불식(自强不息)

쉼 없는 노력으로 지속적인 자기 성장

자강불식(自强不息)은 '스스로 힘쓰고 쉬지 않는다'는 뜻으로 자신의 목표를 향해 끊임없이 노력하는 것을 의미하는 말이다. 『역경(易經)』「건괘(乾卦)·상전(象傳)」에 나오는 다음 구절에서 유래하는 말이다. '[(천행건)天行健,(군자이자강불식)君子以自强不息] 하늘의 운행이 굳세니, 군자가 이것을 응용하여 스스로 힘쓰고 쉬지 않는다.' 이 말은 개인의 성장뿐만 아니라 사회와 조직의 발전에도 필수적인 요소다. 우리는 급변하는 환경 속에서 살아가고 있다. 변화에 적응하고 앞서가기 위해서는 쉼 없는 노력과 자기 성찰을 통한 성숙한 삶이 중요하다. 자기 성장의 중요성은 여러 측면에서 강조될 수 있다. 『역경(易經)』은 자연현상의 원리를 통해 우주철학을 논하는 동시에, 그것을 인간사에 적용하여 구체적인 유교적 규범 원리를 제시한 고전이다.

자강불식(自強不息)은 개인의 노력과 끊임없는 발전을 강조하는 철학으로, 동양 문화에서 중요한 가치로 여겨진다. 개인의 성장뿐만 아니라, 집단이나 국가의 발전에도 적용될 수 있는 개념이다. 자신의 한계를 인식하고 이를 극복하기 위해 꾸준히 노력하는 자세를 말하며, 배움을 통해 지식을 넓히고, 경험을 살려 능력을 키우며, 자기 계발을 위한 다양한 활동은 자강불식의 실천이다.

조선 시대는 유교적 가치관에 기반을 두었다. 유교는 남녀유별을 강조하며, 여성을 남성의 보조적인 존재로 가정에 머물러 남편과 가족을 섬기며, 교육받을 기회가 제한되었고, 재산 소유권도 인정받지 못했다. 또한, 여성은 결혼 후 남편의 집안에 들어가 남편의 권위에 절대적으로 복종해야 했다. 그런데도 우리 역사에서 그 어려운 굴레를 헤치고 자강불식 하여 당당하게 이름을 남긴 신사임당(申師任堂, 1504~1551)과 난설헌(蘭雪軒) 허초희(許楚姬, 1563~1589) 시인이 뇌리를 스친다.

신사임당(申師任堂, 1504~1551)은 아들 없는 집안의 다섯 딸 중 둘째 딸로 태어나 시와 글씨, 그림에 남다른 재능이 있었고 현모양처로 인품과 재능을 겸비한 여성으로 알려져 있다. 오늘날 사임당은 위대한 학자이자 정치가였던 율곡(栗谷) 이이(李珥, 1536~1584)를 비롯한 4남 3녀를 낳은 어머니로 부덕과 모성, 현모양처(賢母良妻)를 상징하는 인물이다. 48세를 일기로 운명할 때까지 그리 길지 않은 삶을 살았지만, 훌륭한 작품을 남긴 천재 명인(名人)이었으나 부부생활은 원만하지 못하였다. 시·서·화로 유명했던 사임당이 부덕의 상징으로서 존경받게 된 것은 사후 1백 년이 지난 17세기 중엽이다. 조선 유학을 보수화로 이끈 인물인 우암(尤庵) 송시열(宋時烈, 1607~1689)이 사임당의 그림을 찬탄하면서 비롯되었다. 5세기가 지난 오늘날에도 우리 역사에서 신사임당은 여성 최초로 고액권인 5만 원 화폐 도안 인물로까지 이어지며 여전히 추앙받고 있다. '오죽헌'은 강릉시 죽헌동에 위치하고 있는 조선 중기의 목조건물로 국가유산으로 지정되었고, 신사임당과 율곡 이이가 태어난 집으로 유명한 명소이다.

허난설헌(許蘭雪軒, 1563~1589) 허초희(許楚姬)는 조선 전기 『난설헌집(蘭雪軒集)』을 저술한 시인이다. 『홍길동전』의 작가 교산(蛟山) 허균(許筠, 1569~1618)의 누나로, 문장 가문에서 성장하면서 오빠와 동생의 어깨너머로 글을 배웠다. 원만치 않은 가정생활과 갈등, 사랑하던 남매를 잃은 뒤에 설상가상으로 뱃속의 아이까지 잃는 아픔을 겪는다. 또한, 친정집에서 옥사(獄事)가 있었고, 동생 균마저 귀양 가는 비극이 이어졌다. 삶의 의욕을 잃고 책과 한시로 슬픔을 달래며 불우하게 살다 1589년 27세의 젊은 나이로 운명했다. 임종 때의 유언에 따라 작품은 모두 소각되었는데, 동생 허균이 명나라 시인 주지번(朱之蕃)에게 건넨 작품 일부가 그녀의 사후 중국에서 간행되어 지금까지 전해진다.

양천 허씨 초당(草堂) 허엽(許曄, 1517~1580)과 그의 네 명의 자녀 악록(岳麓) 허성(許筬, 1548~1612), 하곡(荷谷) 허봉(許篈, 1551~1588), 허난설헌 허초희, 교산 허균이 문장으로 이름이 높아, 세상 사람들이 이들 5인을 "허씨 오문장가(許氏五文章家)"라 칭한다. 강릉 초당마을 허균·허난설헌기념공원에 이들 5인의 시비가 있다. 강릉시에서 이들의 시를 모아 『허씨 오문장가 한시 국역집』을 2000년에 펴낸 바 있다.

역사 속에서 자강불식으로 성공한 위대한 인물들이 어찌 신사임당과 허난설헌뿐이랴. 자강불식은 시대가 변한 지금도 여전히 누구에게나 적용되는 가치이다. 급속하게 변하는 환경에서 경쟁력을 유지하며 성장하기 위해서는 꾸준한 학습과 자기 계발이 필수다. 실패와 역경을 극복하는 힘의 원동력이다. 인생은 언제나 순탄하지 않고, 실패는 때때로 찾아온다. 이때, 다시 툭 털고 일어나 자신을 발전시키려는 노력을 지속하는 사람은 실패가 단순한 좌절이 아니다. 든든한 버팀목 단계로 삼을 수 있다. 잠재력을 높이고, 더 큰 도전에 대응할 힘을 더한다.

자강불식은 개인의 성장에만 그치지 않는다. 사회 요소요소에 긍정적인 영향을 미친다. 어지러운 시절엔 공부와 독서로 책과 함께하며 통찰력을 길러 끊임없이 자신을 발전시키려는 노력이 우리를 더 나은 사람으로 이끌어 줄 원동력이 된다. '하면 된다'는 성장의 여정을 통해 우리는 더 큰 가능성을 실현할 수 있다. 을사년 새해 벽두부터는 자강불식이란 말을 가슴에 품고 더 나은 삶을 위해 보폭을 넓혀가자.

2025. 02. 27.

절대로 포기하지 마라

끊임없이 준비하며 도전하라

2월이면 각급 학교에서 졸업식이 있고 3월이면 입학식을 거행한다. '빛나는 졸업장을 타신 언니께/ 꽃다발을 한 아름 선사합니다/ 물려받은 책으로 공부 잘하며/ 우리는 언니 뒤를 따르렵니다...' 「졸업식 노래」는 서울 출신 아동문학가이며 시인인 윤석중(尹石重, 1911~2003) 선생이 작사하였고, 충북 옥천 출신 정순철(鄭淳哲, 1901~195?) 선생이 작곡하였다. 정순철 선생은 '짝자꿍'을 비롯해 '까치야', '여름비', '나뭇잎 배', '갈잎 피리', '졸업식 노래' 등 40여 곡이 전해지고 있다. 한국을 대표하는 동요 작곡가로 성신여고 재직 당시 별명은 '한국의 베토벤'이라고 했다. 정순철 선생은 인민군이 후퇴하던 9월 28일 납북되었고 그 뒤의 종적은 알 수 없다. 2월과 3월이 되면 졸업식과 입학식으로 축하의 꽃다발과 훈훈한 덕담이 오간다. 이처럼 아름다운 시기에 세기를 이끌었던 위인의 어록을 살펴보자.

2002년 BBC 방송국이 영국인 1백만 명을 대상으로 조사한 '위대한 영국인 100명' 가운데 '가장 존경받는 인물' 설문조사에서 1위를 차지한 사람은 누구일까? 영국이 인도와도 바꾸지 않겠다고 한 셰익스피어(William Shakespeare, 1564~1616)와 만유인력의 법칙을 발견한 뉴턴(Isaac Newton, 율리우스력 1642~1726)을 제치고, 1위를 차지한 사람은 바로 윈스턴 처칠(Sir Winston Leonard Spencer-Churchill,

1874~1965)이다.

도대체 어떤 인생관을 가지고 있었기에 어려운 난관을 헤치고 영국 최고의 수상(61대 1940. 5. 10.~1945. 7. 26, 63대 1951. 10. 26.~1955. 4. 7.)이 될 수 있었고, 노벨상(1953년)까지 수상하였을까? 처칠이 명연설가의 자질을 갖고 태어났을까? 아니다. 그는 어려서부터 말더듬이였다. 발음도 서툴러 친구들의 놀림도 받았다. 말을 더듬는 습관과 발음을 고치려고 매일 큰소리로 책을 읽으며 끊임없이 노력했다. 잔병치레도 많았다. 학교 성적도 좋지 않아 최하위권이었다. 처칠은 육군사관학교에 합격하지도 못했다. '명문가의 자제'라는 특권을 업고 겨우 포병학교에 들어갔으나 사관학교에 대한 꿈을 버리지 못하고 삼수 끝에 성공했다. 학교생활도 쉽지 않았다. 연설문도 미리 작성해서 외우고, 연단에 서기 전 반복 연습을 했다. 포기하지 않는 노력의 결과로 처칠은 역사에 남을 위대한 인물이 되었다.

제2차 세계대전이 한창이던 1941년 당시 수상이던 처칠은 자신의 모교인 해로우고등학교 졸업식에서, "절대로 포기하지 마시오. 절대로 포기하지 마시오. 절대, 절대, 절대, 절대로! 엄청난 일이건 작은 일이건, 크건 하찮건 상관 말고, 명예로움과 분별에 대한 강한 확신이 있는 경우들이 아니라면, 절대 포기하지 마시오.(Never give in. Never give in. Never, never, never, never! — in nothing, great or small, large or petty — never give in, except to convictions of honour and good sense.(1941. 10. 29. 영국 해로우 고등학교 졸업식 연설 전문, 윈스턴 처칠-나무위키)"라고 짧게 연설했다. 제2차 세계대전을 승리로 이끈 영웅의 강한 의지를 이 연설로 드러낸다.

처칠은 "비관론자는 모든 기회 속에서 어려움을 찾아내고, 낙관론자는 모든 어려움 속에서 기회를 찾아낸다"고 했다. 처칠의 메시지는 지금도 많은 사람에게 "포기하지 않는 태도"와 "도전의 중요성"을 일깨우고 있다. 역경 속에서도 포기하지 않았던 윈스턴 처칠, 그의 일화와 명언은 어떤 시련이 있더라도 포기하지 않도록 용기를 북돋아 준다. 어렵더라도 긍정적인 생각으로 다시 일어나 미래를 향해 도전하자.

미국 44대 대통령 버락 오바마(Barack Obama, 1961~)와 남아프리카공화국 8대 대통령 넬슨 만델라(Nelson Rolihlahla Mandela, 1918~2013)가 많은 영감을 받았다고 밝힌 작품인 영국 화가 조지 프레드릭 와츠(George Frederic Watts, 1817~1904)의 「희망」이라는 그림이 있다. 와츠는 그림 속의 눈도 보이지 않는 여성이 다 끊어지고 한 가닥밖에 남지 않은 류트(lute)의 현을 만지는 모습으로 희망을 표현했다. '오바마와 넬슨 만델라가 역경을 이겨낼 수 있었던 것은 절망적인 상황을 희망으로 극복할 수 있다는 믿음이 있었기 때문'이었다.

영국의 화가 존 윌리엄 워터하우스(John William Waterhouse, 1849~1917)의 「할 수 있을 때 장미꽃 봉오리를 모으라」는 작품도 있다. '시간은 우리가 어찌할 수 없이 흐르고 있으니 오늘 우리가 맞는 이 시간을 행복한 마음으로 즐기면서 의미있게 만들라'는 뜻이 담겼다.

뜻이 높은 사람은 책을 친구삼아 쉼 없이 알차게 준비하고 도전한다. 목표 있는 삶은 받아들이기 어려워도 돌아가거나 피하지 않고 한

걸음 한 걸음의 용기로 기본에 충실하며 정면 돌파한다. 다른 이에게 없는 소중한 삶이 지금 나에게 주어졌다. 간절하게 필요한 내일이 지금 나에게 있다. 이 시간을 허투루 보내거나 포기하면 안 된다. 삶은 자신과의 싸움이며 한계와의 싸움이다. 부단한 도전의 끊임없는 싸움이다. 승리는 누구의 것일까? 포기하지 않는 자의 것이다. 누가 가장 강하고 궁극에 웃는 최후의 승자인가? 포기하지 않는 자다. 희망찬 미래를 품고 가슴이 뛰게 하자. 늘 준비하고 도전하며 포기하지 않는 삶을 살자.

2025. 03. 03.

오일시 송찬(五日市 頌讚) - 오일시를 기리며 -

변함없는 고향, 이어지는 생명

    오일시는 필자의 출생지이며 지금까지 사는 곳이다. 필자가 사는 집은 외할머님과 어머님이 사셨고 필자는 핏덩이 때부터 사는 삶의 터전이다. 「오일시 송찬(五日市 頌讚)」이란 한시로 필자의 고향을 소개하고자 한다.

    長登翠氣繞村墻(장등취기요촌장)/ 五日行人笑語香(오일행인소어향)/ 古巷依稀留市氣(고항의희류시기)/ 新苗葱鬱續農忙(신묘총울속농망)/ 雲開遠嶺光猶潤(운개원령광유윤)/ 潮入平田稼正長(조입평전가정장)/ 歲月雖遷情不減(세월수천정보감)/ 桑麻曉色在家鄕(상마효색재가향)

    장등 언덕엔 푸른 기운이 마을 담을 두르고,/ 오일장의 사람들은 웃음과 향기로 어우러지네./ 옛 골목엔 아직도 시장의 기운이 남아 있고,/ 새로 심은 푸른 모판은 농사철을 이어가네./ 구름이 걷히니 먼 산은 더욱 윤택하고,/ 밀물이 스며든 들판엔 곡식이 무르익네./ 세월은 흘러도 마음의 정은 줄지 않아,/ 뽕나무·삼밭의 새벽빛이 여전히 고향에 살아 있다네.

1. 오일시는 세월의 흐름 속에서도 숨 쉬는 마을이다.

진도군 고군면 오일시는 본래 '무내미(무넘이)'라 불렸다. 여름철 장마 때마다 물이 넘쳐흐르던 데서 비롯된 이름이다. 이후 매달 초하루와 닷새마다 시장이 열리며 '오일시(五日市)'라는 이름을 얻게 되었다. 그 이름 속에는 마을 사람들의 생활과 역사, 그리고 정과 생명력이 고스란히 담겨 있다. 한때는 사람들로 북적이던 장터였다. 새벽부터 먼 마을의 상인들이 지게를 지고 걸어오고, 시장 어귀에서는 미역과 고등어, 채소와 곡식, 그리고 사람들의 웃음과 흥정 소리가 뒤섞였다. 오늘날 시장의 규모는 작아졌지만, 그 자리를 대신하여 마을을 감싸는 것은 자연의 숨결과 사람의 온기다.

2. 시 속의 오일시는 변치 않는 자연과 사람의 마음이다.

시의 첫 구절, "長登翠氣繞村墻(장등취기요촌장)"은 장등 언덕을 감도는 푸른 기운이 마을 담장을 감싸는 모습으로 가을 들녘의 평화로움을 그려낸다. 이어지는 "五日行人笑語香(오일행인소어향)"은 오일장의 정겨운 웃음소리를 묘사한다. 비록 예전만큼 장이 활발하지 않아도, 그날이면 여전히 마을은 생기를 되찾는다. 그 웃음은 세월을 건너 이어지는 공동체의 호흡이다.

"古巷依稀留市氣(고항의희류시기)" 오래된 골목에는 여전히 시장의 숨결이 배어 있고, "新苗葱鬱續農忙(신묘총울속농망)" 새싹은 무성히 자라 농사의 바쁨을 잇는다. 이 두 구절은 과거와 현재의 조화, 즉 사라짐과 이어짐의 아름다운 균형을 상징한다.

"雲開遠嶺光猶潤(운개원령광유윤) / 潮入平田稼正長(조입평전가정장)" 구름이 걷히자 멀리 산빛은 더욱 윤택하고, 밀물이 스며든 들판에는 곡식이 한창 자라고 자연의 풍요로움 속에서 희망의 이미지를 회복한다. 세월이 흘러도 자연은 변함없이 생명을 잉태하고, 그 생명 속에 인간의 삶 또한 새로워진다.

마지막으로 "歲月雖遷情不滅(세월수천정불감)/ 桑麻曉色在家鄉(상마효색재가향)"은 이 시의 결구이자, 오일시에 대한 필자의 사랑 고백이다. 세월은 흘러도 정은 줄지 않고, 비록 지금은 뽕나무와 삼밭이 사라졌더라도, 그 근면과 평화의 상징인 '상마의 꿈'은 여전히 고향에 살아 있다. 이 구절은 단순한 회상이 아니라, "지속되는 생명, 끊어지지 않는 향토의 맥"을 노래하는 찬가이다.

3. 사라짐이 아닌 이어짐의 미학이다.

이 시의 가장 큰 미덕은 '애상'이 아닌 '예찬'에 있다. 많은 회고의 시가 사라진 것들에 대한 그리움을 노래하지만, 「오일시 송찬」은 거기서 한 걸음 더 나아가, "남은 것의 아름다움"을 발견한다. 인구는 줄고 시장은 작아졌지만, 그 자리에 여전히 들판의 바람이 있고, 장등 언덕의 녹음이 있으며, 사람들 마음속에는 '내일을 일구려는 의지'가 있다.

필자는 고향을 통해 '지속의 의미'를 말한다. 세상은 변하지만, 삶의 본질은 여전히 '함께 살아가는 일상'에 있음을 일깨운다. 그렇기에 이 시의 밝음은 단순한 낙관이 아니라, 긴 세월을 견뎌온 자의 성숙한 희망이다.

4. 희망의 시학 — 다시 피어나는 고향의 빛이다.

진도의 들녘은 사계절 내내 색을 달리한다. 봄에는 동백의 붉음, 여름에는 푸른 논 물결, 가을엔 황금빛 이삭, 겨울에는 바람의 노래. 이모든 것이 사람들의 삶과 함께 이어져 온 시간의 예술이다. 「오일시 송찬」은 그 모든 풍경을 하나의 시선으로 묶는다. 자연과 사람이 공존하며, 기억과 희망이 함께 숨 쉬는 공간, 그곳이 바로 오일시다.

시의 마지막 구절, "桑麻曉色在家鄉(상마효색재가향)"은 우리 모두의 고향에 바치는 헌사와도 같다. 과거의 풍요와 평화는 사라진 것이 아니라, 이 순간에도 우리의 마음속에서 자라나고 있음을 일깨운다.

5. 맺음말

이 시는 단지 한 마을의 예찬이 아니라, 고향과 인간, 그리고 생명에 대한 철학적 응시다. 세월은 물처럼 흘러가지만, 그 속에서도 마음의 등불은 꺼지지 않는다. 진도의 오일시, 그곳에는 여전히 사람의 숨결이 있고, 밭과 들에는 땀의 결실이 있으며, 하늘 아래에는 변치 않는 평화가 깃들어 있다.

"歲月雖遷情不減(세월수천정불감)" ― 세월이 흘러도, 고향을 사랑하는 마음은 늙지 않는다. 이 구절은 필자의 삶과 시 정신을 함께 비추는 한 줄이다.

2025. 10. 20.

문화예술 수도 진도의 꽃소식

예도(藝都) 진도(珍島)의 화신(花信)

2025년 12월 13일 초판 1쇄 인쇄 발행

지은이 박영관
펴낸이 박종래
펴낸곳 도서출판 명성서림

등록번호 301-2014-013
주소 04625 서울시 중구 필동로 6 (2, 3층)
대표전화 02)2277-2800
팩스 02)2277-8945
이메일 msprint8944@naver.com

값 15,000원
ISBN 979-11-7439-067-7

이 도서는 "대한민국 문화도시 조성사업의 일환으로 진도문화도시센터의 [2025 진도 예술일상 프로젝트] 공모 사업 지원을 받아 제작되었습니다. 발간물에 수록된 모든 내용은 저자의 주관적인 견해로, 진도군문화도시센터의 공식 입장과는 다를 수 있습니다."